KB043171

한실 문예창작 동인지 제13집

여백의 미학

여백의 미학

1판 1쇄 : 인쇄 2018년 06월 10일
1판 1쇄 : 발행 2018년 06월 15일

지은이 : 한실 문예창작
펴낸이 : 서동영
펴낸곳 : 서영출판사

출판등록 : 2010년 11월 26일 제 (25100-2010-000011호)
주소 : 서울특별시 마포구 성미산로 187, 아라크네빌딩 5층
전화 : 02-338-7270 팩스 : 02-338-7161
이메일 : sdy5608@hanmail.net

그   림 : 박덕은
디자인 : 이원경

ⓒ2018한실 문예창작 seo young printed in seoul korea
ISBN 978-89-97180-77-6 04810
ISBN 978-89-97180-00-4(set)

한실 문예창작 동인지 제13집

여백의 미학

2018 · 서영

머리말

한실문예창작 문학 동아리는 1989년 1월에 출범했다.

당시에는 단 하나의 문학회로 문을 열었는데, 지금은 12개 문학회로 늘어났다.

향그런 문학회, 부드런 문학회, 탐스런 문학회, 푸르른 문학회, 온스런 문학회, 포시런 문학회, 덕스런 문학회, 꿈스런 문학회, 꽃스런 문학회, 참다운 문학회, 예스런 문학회, 바로 문학회!

30여 년이 흐른 사이, 343명의 작가 배출, 전국구 문학상 268개 수상, 100여 권의 작품집 발간, 동인지 13권째 발간 등의 열매를 거두었다.

행복하다.

특히 아프리카tv "낭만대통령의 문학토크"가 3년째 결방 없이 진행되고 있고, 이 방송을 통하여 멋진 작가, 실력 있는 작가, 문장력 갖춘 작가들을 배출하고 있어 기쁘다.

언제까지 이 아름다운 오솔길이 펼쳐질지 모르겠지만, 현재 진행 중인 이 문학의 길이 마냥 좋다.

우리 모두에게 건강이 주어진다면, 앞으로 33년 동안 이 길을 쭉 가고 싶다.

문학이 왜 인류에게 필요한가.

시간 날 때마다 생각해 본다.

감성의 아름다움, 미적 가치의 그릇에 담고픈 감성, 그 감성을 보다 우아하고 보드랍게 가꾸고 싶어서이지는 않을까.

현대인들이 결코 버리지 않는 문학, 특히 시와 동시와 시조와 수필과 동화와 소설, 참 사랑스럽다.

언제나 곁에 두고 아껴 주고 사랑하며 같이 가고 싶다.

죽어가는 순간에도 시를 읊을 수 있다면 좋겠다.

문학의 길을 함께 가는 문우들이여, 부디 건강하길!

그리고 숨을 거두는 마지막 순간까지 글을 쓸 수 있기를!

그저 기도할 뿐.

– 고장난 컴퓨터에게도 따스한 봄향과 시향을 전하고픈 날에

한실 문예창작 지도 교수 박덕은

(전 전남대 교수, 문학박사, 문학평론가, 시인, 소설가, 화가)

제1지부 부드런 문학회

제2지부 향그런 문학회

제3지부 푸르른 문학회

제4지부 탐스런 문학회

제4지부 탐스런 문학회

제5지부 온스런 문학회

제6지부 포시런 문학회

제7지부 꿈스런 문학회

제8지부 덕스런 문학회

제9지부 꽃스런 문학회

한실 문예창작
회원

강보미(꽃술)

강승우(꿈길)

강창우(꽃노래)

강현옥(오로라)

고명순(진주)

김관훈(동키짱)

김명대(자유)

김미경(봄동산)

김미경(숲속의공주)

김미자(꽃미소)

김부배(첫사랑)

김서윤(나율)

김성경(귀요미)

김송월(플로라)

김숙희(아이비)

김시훈(가브리엘)

김안기(앙거)

김영례(오뚝이)

김영순(아정)

김영자(호수)

김용주(아통)

김이향(스스로)

김인숙(마중물)

김정순(새아씨)

김지성(속삭임)

김현태(형국)

김홍기(모세)

나명엽(도요새)

노덕열(덕암)

노연희(연꽃)

류미선(행복꽃)

박건우(연우)

박나래(날갯짓)

박범우(음악의소년)

박봉은(전설의영웅)

박상은(뼝새)

배종숙(꿈곱하기백)

서동영(별이로다)

서희정(백합향)

손수영(땅콩)

손은아(멋쟁이)

신명희(치우)

심재연(동그라미)

유양업(야나)

윤성택(하늘금)

윤슬아(여름)

이명사(사임당)

이삼순(월암)

이수진(다래향)

이양자(인정)

이영미(함박꽃)

이은정(솔숲)

이은주(무지개)

이인환(물망초)

이혜정(핑크마마)

이호준(운거)

임영희(목련)

장만수(만세)

장세희(침묵향)

장헌권(헌책)

전숙경(그레이스)

정경옥(단아)

정달성(웃는달성)

정민숙(봄향)

정소영(빛방울)

정순애(청포도)

정연숙(유심)

정예영(은달빛)

정은미(라라)

정은희(토끼마녀)

정주이(예말이요)

조예지(친구짱)

조정일(웅고)

주경숙(송실)

지승기(승리)

최기숙(초곡)

최비건(꽃활짝)

최성빈(하하)

최세환(시암골)

최승벽(빈하수)

한향흠(리치향)

허은정(후리지아)

홍기선(문강)

황귀옥(옥구슬)

황애라(푸른호수)

황혜란(그루터기)

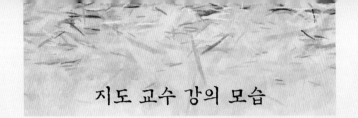

지도 교수 강의 모습

2017년 시화전

한실 문예창작 2017 번개팅 사진

한실 문예창작 2017 신인문학상 시상식

박덕은 미술관

박덕은 문학관

차 례

여백의 미학

텃밭

(향촌문학상 시 부문 대상 수상작)

- 강현옥

봄 입술 오므리자
민낯이 아득한 시간 깨운다

두 평 남짓한
사랑 구역 2호

진득한 눈길 한번 주지 못하고
허허로움 콕콕 쪼아대는 그리움 불러 세운다

엉중엉중 다가서는 어설픔이
황톳빛 고랑들을 바라본다

마주서는 횟수만큼 봄볕이 물드는지
실오라기 하나 없는 추억들이 줄지어 누워 있다

오래된 이야기를 호미로 내리치자
가슴팍 통증들이 퍽퍽 사방으로 흩어지고
단단하던 혀의 언어들이 순순히 뒤섞인다

가루가 된 모음과 자음들이

오밀조밀 간극 벌려
덜 여문 씨앗 밀어 넣는다

한 번씩 발길 줄 때마다
통통히 살 오른 안부를 묻고
바라봐 주고
만지고 쓰다듬는 정성에
살아남은 휘파람 불어 준다

외다리로 서 있는
낯선 땅에서
잡초랑 함께 클지라도.

박덕은 作 [텃밭](2018)

드라이플라워

빛살 들이치는 창가에
추억들이
거꾸로 매달려 있다

물길 흐르지 않는 살결엔
날실 씨실 얘기들이
향기로 박혀

살짝이라도 손댈라치면
바스락 몸서리치며
침묵을 곧추세운다

피어나지 못한 가슴들이
만개 멈춘 봉오리에
눈길 모은 채

미세한 떨림으로
안간힘 써 보지만
연민의 시간은 미동도 없다가

흔드는 순간

42

먼지로
부서져 내린다

열정이 멈춰 버린
빈 가지에
주름진 목소리 마구 떨구며.

박덕은 作 [드라이플라워](2018)

순종

- 고명순

강물은
바다가 어딘지도 모르면서
간다

얼마나
가야 하는지도 모르면서
간다

그냥
가야 하니까
간다

꿈 하나 안고
그저 낮은 곳 찾아
간다

때로는 부딪혀 통곡하기도 하며
봄 만나 웃기도 하며
간다

그냥

가야 하는 길이니까
간다

오늘도
쉬지 않고
간다.

박덕은 作 [강물](2018)

오남매

이토록
행복한 사랑
또 있으랴

지금까지 버려 온 끈
웃음 술술
행복 술술

이보다 더
아름다운 시간
또 있으랴

언제나 마음에 가득
만나면 온통 빛으로 튄다
오늘 반짝
인생 반짝

이렇게
신나는 희망
또 있으랴

변하지 않는 청춘
이 모습 그대로 백수까지 가잔다
평생토록 졸졸
천국까지 졸졸.

박덕은 作 [오남매](2018)

황소의 귓속에 누가 속삭여 왔을까

(의정부 문학상 수상작)

- 김관훈

그 아이는 황소의 귓속이 꼴 먹일 때부터 궁금했다
처음엔 거기에 달팽이가 기어들어 가 웅웅거리며 사
는 것으로 짐작했다
개울가 풀잎을 핥으며 혓바닥 늘어뜨리고
되새김질하는 녀석의 옹알이에 귀기울였고,
겨우내 언 땅을 엎어 광이 나는 봄볕 어깨 위 쟁기가
죽비 맞는 템플 스테이 학생처럼 눈빛에 들어왔다
술 마시는 아버지의 눈물처럼 한평생 그의 노래는
누구에게도 들려지지 않았다
할아버지의 손놀림에 꼬뚜레 걸던 송아지 시절의 절
규가 생각난 걸까
그의 귓속에 누가 속삭여 왔을까
살짝 움츠렸던 두 귀를 방긋이 폈다 오므렸다 반복
했다
이제 그의 귓속에 늙디늙은 달팽이가 자리잡고 앉
아 있나 보다
외양간 여닫는 아버지의 마음은 탱자나무 초가집 굴
뚝 연기 되어
앞마당 살굿빛 나뭇가지에 그의 빛나는 노래를 매
달아 주었다.

박덕은 作 [황소](2018)

편백나무 숲길

나무 좋아하는 이는
연약하지만 향기롭습니다

햇살 좋아하는 이는
명랑하고 정직합니다

비바람 좋아하는 이는
상냥하면서 눈물이 많습니다

별밤을 헤는 이는
사랑 헤는 그리운 사람입니다

편백나무 숲길 걸으며
이제서야 나는
이 모든 걸 좋아하게 되었습니다.

박덕은 作 [편백나무 숲길](2018)

할아버지 하늘로 가는 날

- 김명대

할머니,
우리 할아버지
왜 땅에 심었어요

응,
어여쁜 봄꽃으로
다시 피어나라고.

52

박덕은 作 [할아버지 하늘로 가는 날](2018)

봄나들이

옷장 안의 옷들이
시샘하네요
서로 먼저 나가겠다고

신발장의 신발들은
양보하네요
서로 먼저 나가라고.

박덕은 作 [신발장](2018)

고추 농사

- 김미경

초록이 풍년이네
첫물 따서
오빠네 택배 보낸데

매미들 좋아라
매앰매앰 노래 부르네

빨강이 풍년이네
끝물 말려
언니네 양념 보낸데

고추잠자리들 좋아라
둥실둥실 춤추네.

박덕은 作 [고추](2018)

홍어

- 김미경

손등으로 코를 막고
코맹맹이 소리로
물었다

"아빠 , 이게 뭐예요?"
"기막힌 생선이란다."

아빠가
초장에 콕 찍어
한입 넣어 주었다

콧속이 뻥
톡 쏘는 그 매력에
나는 그만 기절하고 말았다.

박덕은 作 [홍어](2018)

버스 정류장

(안양 창작시 문학상 수상작)

- 김부배

매혹의 퍼즐처럼
오고가는 사연자락들이
연분홍 꽃비로 내리는 곳

실안개 피어오르고
아련한 추억
아스라이 잊혀진
기억의 저편으로 내리는 곳

붉디붉은 어제와
마디마디 숨결의 오늘이
침묵 지키며 고즈넉이 내리는 곳.

60

박덕은 作 [버스 정류장](2018)

생일날 출근

(서울 지하철 문학상 수상작)

– 김부배

한 그릇의 미역국에
고향 바다가 환하게 출렁인다
바지락 따라온 하얀 파도 소리
미역귀에 담긴 인어 이야기
수평선에서 갯벌 꺼내 굴을 따
마주앉은 밥상이
차르르 차르르 넘쳐난다
물때에 맞춰 숨쉬는
어머니의 기도가
달빛으로 번져 올라오자
소금처럼 따가운 하루가
순해지기 시작한다.

박덕은 作 [미역국](2018)

동백꽃

- 김송월

머룻빛 감촉
몽롱한
신비를 지핀다

훌쩍 커져 버린 추억
허허롭게
흔들거린다

한적한 속울음
무리 짓다
흩어지고

눈맞춤
뚝 뚝
절정이 되고

전율은
바람의
꽃이 된다.

박덕은 作 [동백꽃](2018)

봄비

- 김송월

물빛 시어들이
음률 따라
새싹 위에서 춤춘다

속삭임은
개화된
속살 드러내고

곤두박질치던
추억도
환하게 밝아지고

달달한 벚꽃이
풋풋이
흘러내린다.

박녘은 作 [봄비](2018)

냉이

(국민일보 신춘문예 수상작)

- 김숙희

잃어버린 그리움 속 그 자리
침묵으로 키워 온 풋풋한 바람 벗삼아
띄엄띄엄 독백을 캔다

황톳빛 연민 더듬다
저미듯 파고드는 외로움은
혼불로 터져 덧없는 세월 가로질러
봄의 하얀 향기 울컥울컥 더듬는다

감춰둔 정열 사이로 차오르는 적막감은
시리도록 눈물겨워
목마름의 언저리 물들인 애달픔과
얼레 빗질한 한을 더 깊숙이 느끼려는 듯
짓무른 부위마다 껴안는다

자아내는 흥얼거림은
추억 위에 걸터앉아
헛웃음 한 번 크게 터뜨리더니
잔주름 많은 눈가에 맺힌 허무를
소리 없이 흘어 놓고

애틋한 정 한 폭 펼치며
굽이굽이 풍류길 일렁이다가

노을 산자락 운무 따라
애써 건져 올린
거친 숨소리 풀어내어
넋의 하늘가에
너울너울 길을 낸다.

박덕은 作 [냉이](2018)

인생

– 김숙희

잎새 떨어지는
공원길에서
써 내려가는 독백

뒤돌아보면 세월 무늬
깎아지른 벼랑 위에
발자국이었소

아직도 여전히
솜털 같은 위로로
물씬 다가와

타오르는 두 눈에
여유롭게 출렁이는
풋풋함이었소

조금은 마음 비워 두고
물 흐르듯
살아야 할 길목

추억 갈피에

머릿결 스치고 지나가는
바람의 음률이었소.

박덕은 作 [세월 무늬](2018)

회상

- 김영례

별빛도 달빛도
숨어 버린
칠흑 같은 밤

눈보라 몰아치는
바다 한가운데

돛단배 한 척
파도에 휩쓸릴 때

온몸에 피눈물 범벅 되어
노 저을 기력조차 없다

저 멀리
희미하게 깜박거리는
등대 불빛만

두 손 모아 이름 부르며
활짝 웃는다.

박덕은 作 [돛단배](2018)

울 엄마

사촌오빠가 집에 오면
밥이라도 많이 먹어야 한다며
주고 또 주던 손길

가을철보다 눈이 오고 비가 오면
더 바쁘던 손길

눈이 다 녹을 때까지
보따리 장사들을
하얀 마음으로 섬기던 손길

노인당 없을 때
부침개 검은콩 동치미로
섬겼던 손길

동네 아줌마들 중
우리집 밥을
안 먹어 본 사람 없다고

언니들이 말하는
바로 그 손길

산골 마을에 고전 책 안겨 주던
그리운 그 손길.

박덕은 作 [산골 마을](2018)

억새

(서구민 문예 백일장 수상작)

- 김영순

척박한 가난 속에서도
습하고 눅눅한 그리움 안고
풀인지 꽃인지 분간 못하고
풋풋한 젊음 마냥 좋아 뒹굴던

이미 사랑해 버린 첫사랑 고백
행여 다칠까 팔 벌려 안아 주며
갈래머리 푸르른 맘
하르르 바람결에 휘날리던

비 오고 바람 불어 외로우면
세월 꺾일까 가슴 졸이고
눈보라 휘몰아쳐 힘들면
추억 품어 안고 견디며 살았지

맑게 갠 가을 하늘처럼
누구에게나 좋은 시절 있으리니
한들 한들 여유로운 춤사위에
곱게 빗은 은빛 머리 빛나네.

박덕은 作 [억새](2018)

뿌리에게

달도 별도 없는 세상에
흙빛 품어 빚은 사랑
촘촘히 엮어
이제사 고백합니다

평생을 어둠 속에서
두더지 같은 삶
불평 한마디 뱉지 못하고
흔들리지 않은 곧은 절개
이제사 보입니다

짓눌림도 견딜 수 있고
외로움도 참을 수 있어
어둠이 숙명처럼 좋다는 말
이제사 만집니다

화창한 날에는 잎을 채근대서
추억 모아 치장하고
비 오는 날에는 등허리 휘도록
물질하는 수고
이제사 들립니다

푸른 촉수 터뜨릴 때마다
젖을 짜 올리고
형형색색 꽃 피울 때마다
흘린 눈물이 핏자국임을
이제사 깨닫습니다.

박덕은 作 [뿌리](2018)

봄밤

돌풍에 휘감기는 꽃샘바람
파리한 연둣빛 그늘 아래
기다림의 시간을 애무한다

서럽도록 투명한
여백의 창가에
꽃너울에 취한 사색은
향 짙은 가지 꺾어
돌돌 말아 세우고

아롱진 연민 송이는
회한의 발끝으로
홀로 떠나보낸다

가슴속 침묵은
향긋한 봄내음 담아
그리움 찻잔에 우려내고

황홀히 달려온
감성의 뜨락에
꽃비로 내리는

80

아릿한 음률 따라

바람같이 걷던
외로움이
추억 베고 누워
달빛 어루만진다.

박덕은 作 [봄밤](2018)

늦가을 쉼터

- 김영자

쉴 그늘 찾는
계절의 한 모퉁이

지친 몸 풀고픈
노오란 은행잎들
찰랑 찰랑

스산한 갈바람에
사색 뜨락
사그락 사그락

노을빛 가슴마다
오색 물든
마음의 갈피 껴안고

이끼 낀
황혼의 숲
황홀히 입맞추고 있다

더욱 깊어진 갈색 침묵은
쉼표로 앉아

고독의 발 담그고 있다

어두워지는 거리마다
더는 걸어갈 수 없는
그늘진 그리움

가슴 따뜻한
추억의 빗장 열고
아련히 떠오르다

일렁이는 잔물결 위로
아슴아슴
타오르고 있다.

박덕은 作 [늦가을](2018)

난에게

젊었을 때는
화려한 꽃들이
마음 끌고 다녔지만

이제는
줄기도 가지도 없는
휘어진 푸른 칼날처럼
바람에도 쉬이 흔들리지 않고
지고지순한 그대가
나를 이끌어 주오

어느 날엔가
하늘에 기둥 세워
하얀 웃음 향기 매달아
영혼의 고향에
실어 보내 주오.

박덕은 作 [난](2018)

갈대

- 김용주

누굴
날밤 가리지 않고
저리
기다리는가

가슴에 묻어둔 사연
털어 내려
잎사귀에 부는 바람
저리 기다리는가

지난
부끄러운 일들 덮으려
함박눈
저리 기다리는가

그날의
기쁨 위해
날밤 가리지 않고
저리 꼿꼿이 기다리는가.

박덕은 作 [갈대](2018)

추억 단상

- 김이향

덧바른 문풍지는
오늘도 해풍을 안방에 들인다
이른 아침 갯일 가는 풋잠을
부둥켜안은 어깨에도

무릎 통증을 아궁이로 몰아가
솔가지 툭툭 끊어 솔밥을 하며
작아지는 불씨에 파래김 굽고
그 구수한 향에 쌀밥 갓김치 넣어
통통 잘 말아논 김밥을 머리맡에 놓아둔다

그 중 터져 있는 한 개가
방안을 모락모락 뎁힌다.

박덕은 作 [문풍지](2018)

공원

- 김이향

아파트 그림자가 고삐에 매이면
신발은 시간을 가늠하여 허둥댄다
허공에 매달린 생각들이
귀가 쏠려 울컥대는 블록을 밟으며
넘은 울타리 저쪽
사람들이 어둠을 펴고 있다
가로등은 뒹굴다 터진 눈을 하고
스치는 바람에 비틀리며 웃고
뼈마디 온통 내준 운동 기구만이
밤을 포식하고 있다.

박덕은 作 [공원의 밤](2018)

소쇄원에서

빗소리 뿌리며
무대의 조연으로 살다
이름 없이 사라진 이
있는 듯 없는 듯 살다간 이
흐르는 물소리
스쳐지나가는 바람 소리
속삭이듯 빛나는 햇빛
기다렸네

애양단 지나 계곡 건널 때
다리 하나는 세상에 걸치고
다른 하나는 하늘에 두게 하고
아픈 상처 싸매라고
살구나무 옆에 두고
댓잎에 스치는 다섯 굽이 물소리에
지친 몸과 마음 씻어 대봉대에 걸쳐 놓았네.

박덕은 作 [소쇄원](2018)

보광사

- 김인숙

안으로 안으로
다진 가슴
아픈 날개 퍼덕이며
장대비 속을 난다

종소리 밟으며
돌아서 구르는 목탁 소리
서러웁다

단청은 천년 세월 보듬고
바람결에 풍경 소리는
새날을 밝힌다.

박덕은 作 [보광사](2018)

꿈

- 김현태

삭풍에 시린 몸
봄볕에 몸 데워

고독의 뒤안길에
무지개 피운다

춥다 보채지도
떼쓰지도 않았는데

예쁘다며 꺾고
몸에 좋다며 잘라도
그 자리 지킨다

부대끼는 세월
혹독할지라도

환희의 목마름
봄비 입맞추니
생기 얻어 웃는다.

박덕은 作 [꿈](2018)

봄처녀

- 김현태

이 꽃 저 꽃
꺾어 만든 꽃다발
한아름 안고

미풍에
몸 실어
살랑 살랑

수줍은 듯
걸쳐 입은 옷
훈풍에 날리며

맨발로
뛰쳐나가
향기의 품에 안긴다

뜨거운 가슴
그리움으로 여미며
추억에 젖는다.

박덕은 作 [봄처녀](2018)

두물머리

물의 뿌리에게 묻는다
거쳐 가는 순례길에서 어떤 기도를 하는지
늘 안에다 담아 두고 침묵하면서
어떻게 마음을 주는지

갈라서지만 섬 하나 낳고
금방 다시 합해져
더 넓어지는 가슴
응어리진 자여 이 강으로 오라
속울음 우는 강머리에서
하마 소리 내어 울지 못하는 자여

황포에 펄럭이는 소리가 부른다
겨울 강바람을 몸으로 안고 서서
삭아 닳은 돛을 본다
우리가 그어 놓은 선을 넘어
몇 번이고 눈물과 꿈을 꿰매 주던 돛배
은둔자의 이야기처럼
오늘도 그때같이
건너편 나루터에 눈길을 싣는다

울어 보지 않은 이
두물의 얼굴을 모른다
오래 시작된 물길도
이 물머리에 와서야
비로소 속 깊이 흐른다.

박덕은 作 [두물머리](2018)

길

- 나명엽

나설 때마다
몸속에 길을 심었다

방향을 잃고
떠난 곳도 잊어 버렸지만
되돌아 내 안에서
찾는 별자리

나침반 버린 후
몸 위에 서서야
보이는 산과 강
비로소 가늠되어지는 경계
그 틈에 얹힌
이름 없는 통로

스스로 흐르면서
만나는
낯선 순환의 나들목
그 위에 놓인다
쉼 없이 걷는 자가 되어서.

박덕은 作 [길](2018)

첫날밤

천생의 연분
곱게 곱게
봉오리 맺어

행복이 가득한
문이 열리고

푸른 꿈 수놓는
이 한밤
은은히 깊어만 갑니다.

박덕은 作 [첫날밤](2018)

향수

- 노덕열

앞 냇가 흐르는 물에
물고기 떼 뛰어놀고
넓은 들 논밭에
오곡 무르익는 날

가을바람에
황금물결 파도치면
농부 마음마다
풍년이 온다

아름다운 산천
다정함 즐거워하며
행복하게 살던 그날이
엊그제만 같은데

나그네 인생길 돌고 돌아
황혼 바라보니
흰머리 바람에 휘날린다.

박덕은 作 [향수](2018)

내 사랑

하늘 실은 그림
나팔 분 지 오래

긴 그림자 찰랑찰랑 드리우고
하냥 그리워하며 지내니
저리 고울 수밖에

바람 속에 적어 보낸 시
첩첩 쌓여 두 줄기
기둥 세우며 서 있고

맑게 걸어 들어간 가슴
웃음인지 울음인지 절룩거리며
기다림 하나 졸졸

엿보고만 있던 가녀린 핑계
여기 있다 손잡고
살그머니 꽃으로 피어난다

입술 달싹이는 소리는
저 달에 닿지 못한 채

하루 종일 기다리고

마냥 그렇게 앉아
차고도 슬픈 달무리 뜨는 길
가볍게 오려나 보다

어디서부터 열려 오고 있는지
산마루에서 꼬리 살래살래 흔들어
꽃별 우러르며 산다.

박덕은 作 [달무리 뜨는 길](2018)

그리움

- 노연희

둥지 찾아 살그머니 날개 접는
빨간 미소
나붓나붓 햇살 담아 눈부시다

두근대는 가슴결
초록 빛깔의 기쁨 새긴다

다섯 발가락으로
나뭇가지마다 은빛 신발 매달고
옥토에 내려앉는다

말씨 자라나 행복 머금고
꽃입술 뒤척이면
손짓하는 샛바람이 온몸 흔든다

하얗게 속삭이는 들뜬 미열
이슬 되어
추억 속으로 스며든다.

박덕은 作 [그리움](2018)

왜 그런지 몰라

- 박봉은

기나긴 겨울잠 자고
방금 깨어난 것 같아
온몸에 생기가 돌고
깊은 가슴속 한쪽 텃밭에서는
싹이 막 돋아나려 해

지나는 바람의 발자국 소리에
하루 종일 먼지만 날리던
오랫동안 바싹 말라 있던 샘물이
조금씩 젖어들더니
이제는 졸졸졸 흐르기 시작했어

하늘에 구름도 걷히고
눈부신 햇살부스러기들이
온 천지에 날아다니고
파란 하늘 속살이 다 들여다보여

그동안 전혀 맡을 수가 없었던
꽃내음이 진동하고
오래도록 보이지 않았던 무지개가
산모롱이를 아름답게 물들이고 있어.

박덕은 作 [무지개](2018)

아들 미국 유학 떠나는 날

- 박봉은

맨날 함께 있을 때는
가끔 하는 짓이 이쁘기도 하고
못마땅하기도 했지만
막상 흩어진 짐 싸고 떠날 준비를 하니
방안 여기저기 널려 있던 서글픔들이
가슴속으로 휘몰아친다

남들한테는 너무 쉽게
자식들을 강철처럼 강하게 키워야 한다고
너무 어리광을 받아 주지 말라고
그렇게 열변을 토하면서
정작 나는 정반대로
자식 사랑 블랙홀에 마냥 빨려들어 가고 있다

수천리 머나먼 타국에서
끼니는 굶지 않을까
차 사고는 나지 않을까
공부는 힘들지 않을까
방탕의 구렁텅이에 빠지지는 않을까
가족들이 보고파 외로워하지는 않을까

이 생각 저 생각에 잠 못 이루고
스산함에 시들어 가는 화초처럼
가쁜 숨 헐떡이고 몸 가누기 힘들어
폭풍우에 나자빠진 나무처럼 생기 멈춰 버려
그런 속마음 들키기 싫어 거짓 가면을 쓴다.

박덕은 作 [항공 여행](2018)

보름달

- 박상은

서쪽 하늘에 떠 있는 저 달은
흘러가는 흰구름에 수줍어
보일락 말락 가슴 졸이게 하네

방아 찧는 토끼 모습 보일까
두 눈 번쩍이며 바라보면
인사하듯 살짝꿍 얼굴 내미네

한양 간 님의 소식 애타도록
기다리는 이내 마음 전해 주려
빠른 걸음으로 흘러가네.

박덕은 作 [보름달](2018)

오월

- 박상은

젊음의 딱 중간에 선 너
옳은 길 걷고 싶어했지

길을 잘못 가고 있는
푸른 제복의 분노에

잠 못 이루며 하얀 밤
뜬눈으로 맞는 갈망에도

내 가족 내 나라 위해
가슴에 새겨 맹세하고

맨 앞에 서야 했던 너
지금은 만날 수가 없구나

젊음은 어디로 가고
얼굴에 주름만 늘어가니

너의 모습 떠올라
오늘 다시 널 불러 본다.

박덕은 作 [오월](2018)

나의 오월

(용아 박용철 백일장 수상작)

- 배종숙

동그라미 그리며
안개처럼 숨어 날갯짓하는
추억 한 마리

꽃술에 비비고 꼬이며
황홀에 취하여 방황한다

꿀벌이 찾아들고
새들의 팔랑귀도
쌕쌕거리며 오고 간다

향은 점점 짙어
운무 덮고 누워
번갈아 가는 발길에
푸릇푸릇 번지는 향기
자꾸만 방망이질 해댄다

웅크린 몸속에서 놀이하듯
가물거리는 가로등 불빛의 품안에 안기면
나를 안은 낱말들이 흩어진다

신새벽 눈 비벼 바짝 깃 세운 눈꺼풀은
거추장스럽던 미열을 떼어내고
늘 그렇듯 마음 포개 앉는다

향기 철철 남실거리는 글꽃을
철통에 옮겨 싣고
낭만 기둥에 매달린다

오월 닮은 시심들이 흘러온 그곳에
똑바로 누운 활자판이 옆으로 새어나와
똘망똘망한 곳간에 우뚝 선다

가지 끝에서 흔들다가 어르다가
덜 여문 마음 봉오리에
물안개 날라 주다가

오늘도 우쭐거리며
해적 해적
옷깃 여미고 있다.

박덕은 作 [오월](2018)

배꼽

(샘터 시조 문학상 수상작)

- 배종숙

툭툭툭 발길질에 숨소리 멈춘 자리
그 절벽 끝자락에 한 송이 끌을 보네
지금은 어머니 마음 그리움만 떠돌 뿐.

박덕은 作 [배꼽](2018)

기다림

- 서동영

고샅길에서 서성이던
늙은 밤새

바람의 가지 끝에서
떨고 있다가

불 밝힌 창문가
곰방대 치는 소리로 주저앉는다.

박덕은 作 [기다림](2018)

부부

- 서동영

겨드랑이 아래 거기
우측 삼 센티 바로 거기
살살 긁어라 아이고 시원해
이제 그만, 외로움도 그만

박덕은 作 [부부](2018)

억새

(서구민 문예 백일장 수상작)

- 서희정

흰 날개 매단 설렘 바람에 흩어져서
제 갈 길 찾아들어 억세게 살아가며
허물 옷 훌훌 벗는 날 영혼으로 남는다.

박덕은 作 [억새](2018)

새해

- 서희정

헐렁해진
허물 옷 벗고
빵빵해진 몸으로

거울 앞에
곧추선 추억들
팽팽히 잡아당긴다

한가득 펴 바른 젊음
토닥 토닥
곱게 단장하고서

문설주 기대서서
벌써부터
들어설 준비하고 있다

설 자리 잃은 후회
설설 기며
하나둘 아랫마을로 내려가고

청초한 시간들이

환하게 웃으며
행복 노래 부르며 다가온다.

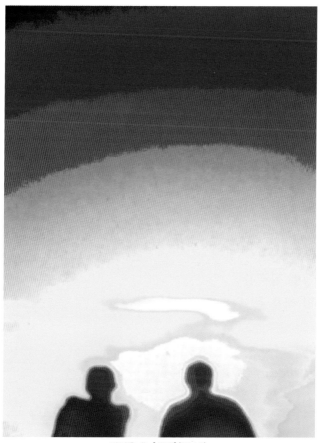

박덕은 作 [새해](2018)

선인장꽃

- 손수영

가로눕지 못하고
조금씩 부풀린
몸뚱이

세로 진
간절함을
부른다

엄지손가락만 한
흔적 묻고
잉태한 곁가지들

오로지 한몸 되어
땡볕 질푸른
몇 해를 품고 품어

흔들리지 않는
굳은 숨결로
선다.

박덕은 作 [선인장꽃](2018)

그리움

- 손수영

떠나간 발자욱
못내 아쉬워
그림자로 서성인다

간밤 흔들어 놓은 설렘
창문 틈 비집고 들어와
옆자리에 눕는다

홀연히
책꽂이 사이로
여운만 남아 아무도 없다

주름져
구겨진 추억이
맨발로 꼿꼿이 서 있다

풀향 버무려진 고독이
냉큼 달려와
살갗에 머물러 뒹굴더니

그마저도

쌀쌀한 바람 묻어 있는
잔가지의 흔적 지워내고 있다.

박덕은 作 [그리움](2018)

겨울 호숫가, 그곳에서 당신을 보았어요

(미래에셋 예술 공모전 수상작)

- 신명희

배롱나무에 걸린 빈 하늘
시린 바람 끝
전라로 벗고 서서 서러운
당신의 노을을 보았어요

목쉰 세월 엉겨 붙어
언어들이 깊어지는 느티나무처럼
흙 묻은 그리움 우뚝 안고 선
당신의 영혼을 보았어요

독백으로 견뎌내며 견뎌내며
다 삭아 잘려 나간 그루터기 위에
조용히 앉아 그림자 적시는
당신의 침묵을 보았어요

두고 온 아이들 웃음소리 둥지에 담아 뒀다가
이따금 물고 나는 새처럼
노래하다 자꾸 눈이 붉어져 목울대 아픈
당신의 뜨거움을 보았어요

이제금 보이기 시작한 초저녁 별 보며
사라진 길
한 땀 한 땀 엮어내는
당신의 불씨 한 점을 보았어요.

박덕은 作 [겨울 호숫가](2018)

그러지 말 걸 그랬어

(교정 학술문예 문학상 수상작)

– 신명희

웅크리고 있던 기억들을
모른 체하느라 휘어진 습성들이
빨판처럼 달라붙어 있다
달아오르는 후회들을 휘이 저어 봐도
삼켜지지도 않고 뱉어지지도 않는다

부끄러움의 근사치를 털고
수면을 흔들어 깨운다
그물에 걸려 있는 검부러기들
후두둑 박혀 있을까 봐 들춰 보기가 겁난다

이미 던진 말들이 덜그럭거리며 달려든다
뒤척이는 신음이 빙하에 걸린 언어들을 주워 보지만
시간의 비탈은 이 빠진 퍼즐이다
물소리 출렁이던 눈망울들이 돌아앉았고
마음 말아 올리며 토닥이던 목소리들이 지워졌다

문득 낯선 길 위에서 혼자 일어서야 했다
얼음 박힌 말들이 일어서고 싶을 때는
쉼표 그려놓은 악보 위에서

잠깐 더디게 걷는 연습을 한다.

박덕은 作 [낯선 길 위](2018)

희망

(부천 시가 활짝 문학상 수상작)

- 윤성택

더듬이에 걸린
삭풍의 꼬리에
온기 묻어나는
후미진 뒤안길
얼룩진 잔설 틈에서
빠끔히 내밀어
날개 펼쳐 비상하는
작은 미소.

박덕은 作 [복수초](2018)

염부

삐그덕 삐그덕 쏴
벙거지에 헐렁한 남방은
살갗 그을린 무늬 속에
알 수 없는 문자 새기고
찢어진 바지 틈으로
퇴역한 유행이
퇴색되어 날아간다

삐그덕 삐그덕 쏴
말아 올린 바짓가랑이
끊임없이 계단 밟듯
오르고 또 올라도 제자리
승천하듯 물보라 일으켜
붉게 물든 염천炎天에
꿈이 뒹군다

삐그덕 삐그덕 쏴
간간히 물소리 닮은
홀로 아리랑
석고처럼 굳어 버린
어깨춤 들썩이며

고스란히 토해낸다

삐끄덕 삐끄덕 쏴
힘에 부친
구릿빛 땡볕에
서서히 땀이 마르고
염꽃이 필 무렵이면
하얀 결정 짓는
뭍으로 날아가 둥지 튼
소망이 영근다.

박덕은 作 [염부](2018)

어떤 동행

- 이명사

방학해서 집에 가는 길
설레임을 안는다
늘 그리운 엄마 언니
엊그제 만들어서 남겨둔 동지죽이
기다리고 있는 곳

차를 갈아타려는데
막차가 방금 떠났단다
아무리 생각해도 가까운 곳에
찾아갈 만한 집도 없다
저쪽에서 한 청년이 다가와
지금 빨리 가면 해 안에 도착할 수 있단다

선택의 여지가 없어 따라 걷기 시작했다
내 다리가
의식 없이 빨리 움직인다

쓸쓸하지도 무섭지도 않다
삼십 리 길을
한마디 말도 없이 걷고 또 걷고.

박덕은 作 [동행](2018)

봄비

- 이명사

비가 내린다 진종일
봄을 깨우며

눈을 뜨고
아름다움 구경하라고

연못에 동그라미 그리며
자꾸 맘 키우라고

땅에 부드러운 옷 입혀
맞을 준비하라고

연둣빛
봄바람 타고 나들이하라고.

박덕은 作 [봄비](2018)

홍매화

- 이삼순

터질 듯한 설렘
은빛 아래 감추고

흐르는 그리움 방울
흠뻑 적시네

꽃길 향기 따라
추억 껴안으며
어서 오라 손짓하네

자박자박 걸어 나온
싱그러움

보송보송한 가슴
붉게 물들이며
정열의 세레나데 부르네.

박덕은 作 [홍매화](2018)

봄 오는 소리

향긋한 내음 너울너울
설렘의 환희로 다가온다

긴 잠에서 깨어난 아지랑이
졸졸 흐르는 개울 타고 내려와
연둣빛 미소로 반긴다

지나온 발자취
바위에 펼쳐 놓고
먼 산 풍경
가슴 가득 주워 담는다

은빛 햇살 내려앉은 장독대엔
구수한 어머니의 손맛
우러나고 있다.

박덕은 作 [봄 오는 소리](2018)

솥

(향촌문학상 최우수상 수상작)

- 이수진

비틀거리는 겨울을
아궁이에 장작 지피듯
털어 놓는다

새벽길 떠나는 인연 위해
뜨겁게 달아오른
둥글고 널찍한 등 하나

한평생
자식만 바라보다
눈물 뚝뚝 흘리더니

이제는
그을음처럼
밖으로 밀려나간다

반질반질 기름칠한
어느 먼 시절의
한때처럼

부뚜막은
마냥 기다리며
앉아 있고

구수한 상처를
꿰매며
모락모락 피어오른다.

박덕은 作 [가마솥](2018)

짝사랑

(샘터 시조 문학상 수상작)

- 이수진

노을빛 쩡쩡 물든 애틋함 앞에 두고
슬며시 손 내밀면 왜 멀리 달아날까
한 발도 내딛지 못해 까맣게 탄 산그늘.

박덕은 作 [짝사랑](2018)

들에 핀 봄

- 이양자

서둘러 그리움 담아
봄소식 파릇파릇

싱그러운 산에 들에
봄여울 알록달록

화사한 고운 미소
봄향기 오손도손

시샘하는 핑크빛
봄바람 화기애애

편안하고 그윽한
봄나들이 옹기종기.

박덕은 作 [들에 핀 봄](2018)

나목

이파리 떨구니
앙상한 그리움
쓸쓸히 서 있네

예쁜 옷 벗으니
볼품 없어
사이 사이 먼 거리
다 보이네

스산한 바람 소리에
허허로운
추억이 나부끼면

고운 보고픔
길가에 뿌려 놓고
마냥 기다리네.

박덕은 作 [나목](2018)

겨울바다

- 이은정

눈바람 따라간
낭만 출렁출렁
쉼 없이 밀려왔다 밀려갔다
수평선 너머
하염없이 자맥질을 해대자
하얀 포말들이
거칠게 숨을 내쉰다
살을 에는 바람은
그리움도 서러움도 얼려 버리고
모래밭에 깊게 패인 발자국마저
지우며 간다
비워 버린 가슴에는
오롯이 맞잡은 숨결만 가득하다.

박덕은 作 [겨울바다](2018)

동창

- 이은정

철썩철썩 밀려갔다 밀려오는 그리움
수평선 위로 반가운 해무리 되어 너울너울
설렘은 하얀 포말 일으키며 까르르
경쾌하게 춤을 추며 맞잡은 손은 심장을 고동치게 한다
부딪치는 술잔 속에 밤하늘은 빨갛게 달아오르는데
시간의 흐름 속 잃어버린 모습 찾아가는 사이
잘 익은 다향이 얼싸안는다
흥겨운 노랫소리는 오랜 세월 버텨 온
낭만의 나무에 걸터앉는다.

박덕은 作 [동창](2018)

이효석 문학관

(중앙일보 시조 백일장 수상작)

- 이인환

새하얀 영혼 스민 향기가 머무는 곳
한가위 이틀 앞둔 연휴에 감동 안고
그 옛날 메밀꽃 추억 가던 발길 멈춘다

새롭게 단장한 집 국화 핀 뜨락에선
떠나간 짧은 생애 못다 한 그리움이
굽이진 선율로 남아 물결처럼 흐른다

열정에 향 뿌린 듯 설렘의 오솔길에
순애보 사랑 펼친 그 시절 붉은 연가
아련한 물레방앗간 물안개 속 물소리.

박덕은 作 [이효석 문학관](2018)

달맞이꽃

어쩌다 여리디여린 풀꽃 되어
뜨겁도록 태우고픈 열정 만나
흠뻑 빠지고 말았어요

감당할 길 없는 불씨 한 점
어둠 뚫고 자라나
활활 타오르는 달밤 되었어요

어느 산모롱이에 피어난
아픈 사랑
내 작은 가슴 한 줄기였어요

그 빛 너무나 눈부셔
차마 고개조차 들 수 없어
차라리 보고픔 자락에
시린 눈길 감추고 말아요

기다림 놓지 못해
손길에 맺힌 채
쉴 새 없이 빗물에 젖어요

끝내
그대가 닦아 주지 못해
한 치도 볼 수 없는 물안개 되어
연가의 귓가에 맴도는
그리움만 삼키겠지요.

박덕은 作 [달맞이꽃](2018)

자존심

넝쿨 가지 위
이파리 한 잎
흔들 흔들 떤다
그게 뭐라고
한껏 부여잡고 놓지 않는다.

박덕은 作 [넝쿨 이파리](2018)

마침표 찍는 방법

- 이혜정

돌을 던진다
나를 던진다
가슴속 깊은 곳까지 두드린다
파동 따라 생생한 무늬로
앞서간 소리에 가만히 귀기울이며
질끈 두 눈 감고서
젖은 달빛으로 파도에 뒤척이며
숨넘어가도록.

박덕은 作 [젖은 달빛](2018)

상사화

(영광불갑사 상사화 축제 문학상 수상작)

- 이호준

슬그머니
꽃대만 올리는
홍학 같은 꽃

해 저물도록
한껏 키운
환한 향기
한 자락 펴놓고

둘만의
밀어
누구라도 들을세라

시샘할까 봐
희석될까 봐

땅속에서만
남몰래 사랑하는
얄미운 꽃.

박덕은 作 [상사화](2018)

그리움

소낙비 뿌연 포말
찻잔 속의 긴 여운 함께
어우러져

향긋함 잠겨 오면
보고픔 가붓가붓
온몸에 소롯이 적셔 와

빈 마음속
은근히
떠돌다가

서걱서걱 허름하게 닳은
추억의 눈꼬리에
하얀 묵언 매단다.

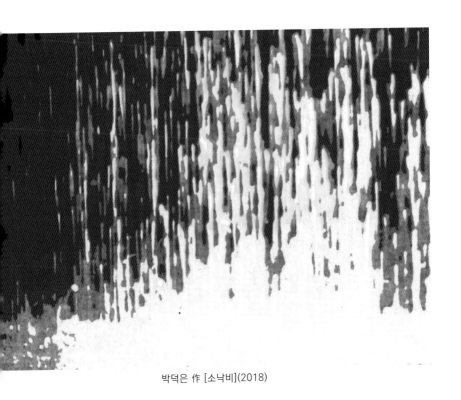

박덕은 作 [소낙비](2018)

매화

- 임영희

뜨락에 서성대다
굽은 허리 곧게 펴고
물끄러미 바라보는
은빛 감성

봉긋 봉긋 발돋움하며
앙상한 가지에
꽃이 피네

진눈깨비 흩뿌려도
아려오는 회한 소롯이 담고
마디마디 순백의 환희로 다가오네.

박덕은 作 [매화](2018)

노점 할머니

돌돌 말아 올린 주름
늘 제자리에 나지막이 앉아

형형색색 북적대는
발걸음들 마주하며

입맛 돋우는 푸성귀
풋풋한 향내음 몰고 와

소쿠리 하나 둘
비워 가며

길바닥에 굳은살로 덤 올려 주는
엷은 행복 가슴에 담는다.

박덕은 作 [노점 할머니](2018)

나의 오월

낯선 곳 풀꽃은 이슬 담으면
보고픔의 눈시울 적시는 사월은
흔적만 남기고

그리움은 여백 채우고
시간은 째각째각
초침과 분침 마주잡은 채 멈추지 않는다

울타리 돌돌 말아 올린 꽃잎은
붉디붉게 설렘의 연서 써 내려가고

향긋함은
고단한 어깨에 걸터앉아 흩날리고 있다

코끝으로 전해지는 싱그러움은
달콤한 추억 끌어안고 붉은 열정 피운다.

박덕은 作 [오월](2018)

여행길

어둠 속을 산책하던 낭만 자락
텅 빈 가슴 채우려 마냥 달리네
두 눈빛이 반짝반짝 밝혀 주면
앙상한 가로수는 눈살 찌푸리네.

박덕은 作 [여행길](2018)

억새

(서구민 문예 백일장 수상작)

- 장헌권

고즈넉한 가을 하늘
잎이 떨어지는 사이
진한 갈색 바람이 분다

일렁이는 물결 내음이
속살을 만지는 동안
지난여름 초록과 어우러진
햇살 사이로
하늘과 바닥이 흔들리며
외로움 풀어놓는다

깐닥깐닥 설레임 밟아
강둑을 걸어가는 사이
까닭 없는 슬픔이 촉촉하게
적신다

보일 듯 말 듯 수줍음으로
야위어 가는 허리를
조용히 안아 본다

상처로 얼룩진 가슴 다독이며
헐거워진 길 따라 춤추는
모습 황홀하다

슬그머니 추억 꺼내어
그리움 만지며
빛바랜 낭만 주워서
책갈피에 끼운다

저물어 가는 시간
메마른 영혼 스쳐가는 소리
시인의 가을은
은빛 물결로 출렁거린다.

박덕은 作 [억새](2018)

시인의 일기

- 장헌권

봄비 머금은 고요한 밤
스치듯 간질이는 바람
하마터면 강단에서 내려가
꽉 껴안아 볼 뻔했습니다

샛별처럼 예쁜 한 송이 향기
고사리 같은 여린 손
두 팔 올립니다

찬양 소리 후
차 타고 가는 무지개 뜨는 언덕에
보고픔이 자라 꾸벅 인사합니다

차창 밖으로 보이는 꽃은
고개를 흔들어 방향을 바꿉니다

시큰둥한 손녀딸 보면서
구닥다리 할배의 머리카락이
구불구불 씁쓸합니다

잠시 후 휑뎅그렁한 마음 추스르고

186

침묵의 언어가
영혼의 이음줄 되었습니다

미안하구나
더듬거리는 말이 울림 되어
아이의 가슴 읽어 주는
시인의 밤입니다.

박덕은 作 [시인의 밤](2018)

새벽눈

하얀 꽃바람이
소복이 쌓이고 있다

밤새 인사도 없이
마음대로

누가 반겨 주는 듯
하얀 웃음으로

보내기 아쉬웠을까
봄인가 싶었는데

마지막 겨울 흔적
남겨 주려는 듯

너에게서
따스한 평온 잠시 머물고

이 계절을
마저 거두어 가렴.

박덕은 作 [새벽눈](2018)

부디

겹겹 껴입어도
친친 감싸 안아도

혹독한 바람
속속 파고들어

운명처럼 받아들여야 할
보고픔 속

겉치레로 닥치는 추위는
이겨낼 수 있지만

그리움으로
스며드는

살을 에는 사랑은
이겨 내기 힘들어

춥디추운 인생 바람에
훈훈히 다가가 녹아 내려 주길.

박덕은 作 [보고픔 속](2018)

섬진강

- 정달성

더위를 어깨에 메고
송골송골
찾아간 강자락

시원한 향기가
침묵의 노래 만나
눈인사 나누네

반겨 인사하는 은빛 햇살
미소 지으며
묵묵히

무성한 숲그림자 안고
할머니 주름 쭉쭉 펴지게
푸르름이 흐르네.

박덕은 作 [섬진강](2018)

목마름

- 정달성

뙤약볕 아스팔트 위
그늘 한 모금에 기대어
그 자리에 선다

구릿빛 피부
노오란 심장은
그렇게 타들어 가는구나

기다림의 망부석이여
몸부림의 폭포수여
분노의 침묵이여

오늘 같은 날엔
시원한 바람 한 바가지 떠서
온몸 적시고 싶구나.

박덕은 作 [망부석](2018)

윗집 이사하는 날

- 정연숙

천장 머리맡으로 바짝 들리는
남자의 코 고는 소리
몇 달째 끊어졌다

말로는 식구가 적어서라지만
남편의 그림자 떨치지 못해
먼저 돌아서는 등을 보인다

짐들이 사다리 타고 내려간다
장판 아래 골진 시멘트를 파 보고
두고 간 전등 속을 들여다보며
붙박이장을 다시 열어 봐도
벽지만 나부낄 뿐
빈집에 이상한 기운이 득실거린다

가장의 아침과 밤이
심장 하얀 날개로 퍼득이며
직사각형 상자에 떠밀려 수많은 물음표를 남기고 갔다

빙빙 풀어 돌려 속내 환하게 녹이지 않고
들여다보지 못했던 한을 다독이며

인연만을 고이고이 쌓은 채
넋 놓고 드리워져 서로를 감싸안는다
그날 하지 못했던 마지막 인사말
뒤돌아보는 몸짓 떨어지지 않지만 그제서야 고한다.

박덕은 作 [이사](2018)

몇 끼니의 약

- 정연숙

돌을 떠들면 들고 일어나 날개 펼친 새순처럼
기숙사로 들어갈 짐을 꼭 하나쯤은 빠뜨리고 가는 아들
우체국을 가고 오고 하는 발걸음이 무거운 줄 모른다

같이 있고 싶으면서도 한양으로 보내고 싶었던
이상야릇함이 고개 떨군다
쉴 새 없이 퍼져 나가는 포물선
튕겨 나갈 줄 모르고 불이 잠잠히 처져 있다
몇 번의 떠나보낸 연습을 거쳐도 수월하지 않은 먹먹함
또다시 그림자 좇아 쉼 없이 간다

얼마를 걸었을까
맑은 유리병들이 떼구르르 발 앞으로 굴러온다
붙잡을 여유도 없고 손을 놓으면 리어카마저
흔들리게 하는 내리막길
할아버지가 뒤를 돌아본다
검은 봉투에 꽉 여미지 못한 술병이 매듭을 풀고 도망친다

어차피 바닥에 박힌 눈으로 주워 준다
"아이고, 고맙습니다, 어, 이거 약인디."
이미 낮에도 들어간 약이 저녁에도 필요한가 보다

하루의 대가로 두드릴 때마다 룩룩 튀며 모여든 깨처럼
놓치 못하는 자루가 그를 끌고 간다.

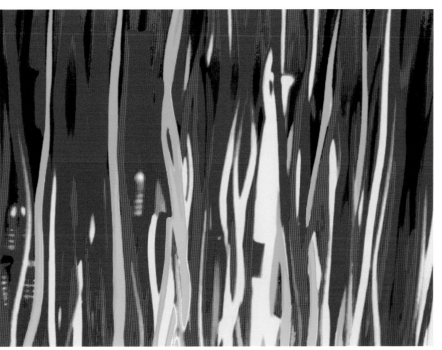

박덕은 作 [약](2018)

줄넘기

- 정은희

과거와
미래가
양쪽에 서서
줄을 돌린다

현재가
팔딱 팔딱
뛰고 있다

넘어지고
넘어져도
줄은 계속 돌아간다
휙 휙

얼른
털고 일어나
다시
뛰어든다.

박덕은 作 [줄넘기](2018)

몽당연필

- 정은희

내게도 추억이 있다
짧아진 길이만큼의 추억
그 길이만큼 걸어온 길은
구불구불 이어지기도 하고
뭉텅뭉텅 끊어지기도 했다

그 길은
글이 되기도 했고
그림이 되기도 했다

내게도 아픔이 있다
나만의 길을 만들다가
비틀거릴 때면
지우개가 나타나
애써 걸어온 길을
쓱쓱 지워 버렸다.

박덕은 作 [몽당연필](2018)

억새

(서구민 문예 백일장 수상작)

- 정주이

치마폭에 감긴 싱그러움
걸음걸음마다
눈길 새기며
수줍음 가득 머금고
가녀린 허리춤 드리운 채
서 있는 너

메아리치는 억새들
향기 품은 여백 위로
사색하며 흔들리는
마음 부여잡고
그리움으로 서 있는 너

황홀한 순간들이
만개하여 물안개로
피어오르면 하얀 속살
드러내 놓고
남실대는 은빛 물들인 채
서 있는 너

바람 따라 구름 따라
은밀히 속삭이다가
노을빛에 그을린
가슴 쓸어안고
애절히 침묵으로
서 있는 너.

박덕은 作 [억새](2018)

겨울이 남기고 간 추억

- 정주이

외로움 한 자락
울타리 쳐 놓고
시린 가슴 비벼댄다

비스듬히 걸터앉은
강줄기는
아스라이 멀기만 하다

허기진 주름 사이로
울컥거린 그리움이
뿔뿔이 흩어져 간다

살점 떨어지는
기다림 속에
봄이 스며든다

가녀린 연민 한 올 한 올
나지막이 흔들리며
까아만 밤 태운다.

박덕은 作 [겨울 추억](2018)

매화 필 때

- 조정일

따뜻한 기운이 흐르면
눈들이 빼꼼히 뜨고
봄의 간지러움에
흐뭇한 미소가 피어나고
강아지 꼬리는 살랑거린다

계절은 꽃향기에 취한 듯
비틀거리며 뒷걸음질하더니
눈송이 토해낸다

가지마다
눈인 듯 꽃인 듯
설렘이 대롱거린다

새벽달 허허로운 날
홀로 바라보는 눈길
하얀 사연 적어 봄배에 실어 보낸다.

박덕은 作 [매화](2018)

공항을 보며

- 조정일

바퀴가 허공을 내디디는 순간부터
자유는 나래를 편다

설렘과 두려움이
교차되어 벅차오른다

지구본은
손길을 타고 쉼 없이 돈다

지그시 눈감으면
끝없는 자맥질

깊은 바다 아득한 곳에서 초롱불을 놓고
두 팔 벌리고 빙그르 도는 미소
둥둥 떠간다

가로수 사이로 칸칸이 보이는
벌판은 허전함이 고인 듯 흐르고
긴 찰나는 아쉬움만 첩첩 쌓는다.

박덕은 作 [공항](2018)

그대

- 주경숙

어쩌다 사랑꽃 한아름 안고
신음하는 여백으로
성큼 다가와

침묵 포개 놓은 가슴 자락에
붉디붉은 설렘
자꾸만 덧칠하고

서걱이는 상념에 깔려
꿰맨 상흔마저
포근히 감싸 안더니

고요히 흐르는 음률에도
여울진 향기로
촉촉이 스며들어

애잔한 촉수
오롯이 피워 올리며
뜨거운 열정으로 휘감는다.

박덕은 作 [열정](2018)

어머니의 새벽

- 주경숙

아랫목에 풀어놓은
푸석한 추억 마디들
제자리 찾느라
우두둑 우두둑

헛발 디딘 그믐달
굽 닳은 사발에 건져

부뚜막에 올리느라
달그락 달그락

된장처럼 묵은 세월
가마솥에 밀어 넣고
아궁이에 불 지피느라
토드락 토드락.

박덕은 作 [어머니의 새벽](2018)

바닷가 소식

― 최비건

수면 아래는
너무나 조용하고 무료하다
물 밖은 어떨까
새삼스레 바깥으로 나가고 싶다
살짝살짝 지느러미를 흔든다
누군가에게
끌려 올려지기만을 기다린다
자존심 다 버린 채
무료하고 심심한 하루하루
수염 긴 새우는 엊그제 끌려가더니
여태 소식이 없다
바깥세상이 여기보다
훨씬 더 재미있는지도 몰라
나 보고는 입이 크다고
아구 아구 하면서 놀리지만
사람들이 무척이나 좋아한다는
소문이 있던데
어느 날
낯선 어부의 억센 팔에 이끌려
육지로 나가
누군가의 찜이 되어

벌겋게 달아오르고 싶다.

박덕은 作 [바닷가](2018)

애인

                                          - 최비건

그립다고 속으로만 말했는데
보고프다고 눈으로만 전했는데
집으로 오는 길에
사랑한다고 하늘 한 번 쳐다봤을 뿐인데

잠들지 말걸
밤새 그대도 내가 그리웠을 거야
하얗게 지새워 증표를 남겼잖아
소복하게
난 이만큼이야 세어 보라고

내가 눈이라면 좋겠다
말하지 않아도
눈송이만큼
사랑한다는 것을
전할 수 있으니까

그대
이제는 말 안 해도
저만큼이라고
전할 수 있으니까.

218

박덕은 作 [애인](2018)

아리랑

(용아 박용철 백일장 수상작)

- 최세환

달빛 풍요로워 깊은 밤
말발굽 소리 서러움 누비질한다

말 등에 올라 도래질한 한숨
꼭꼭 삭힌 슬픔 훑어 깊은 샘 메꾼다

옷고름 매무새로 흘러가는 저녁
홰치는 닭 울음에
치떠는 숨소리 바삐 헉헉거린다

아침 햇살이
여인의 손끝 머물러
기어이 빨간 끝동 대어 감침질한다

말고삐 잡고 계절 달래던
꽉 찬 서러움도
아픈 무릎도
감싸 안은 흙무덤 되어
산자 봉우리에 훠이훠이

삽날 세워 써레질하고
알알이 잘 여문 고개 넘던
그 소리 그 모습

동지섣달 내리는 눈발 바라보며
바리안베 한 필 접어 바리때 담던 쪽머리
휘감치는 소리 달달달 밤을 풀어
유똥 치마저고리 부화시킨다

거들지 매단 옷소매 하늘 향해
훨훨 펼치던 울 엄니
한 마리 말발굽 소리만 물고 새벽을 날아간다.

박덕은 作 [아리랑](2018)

통곡

한기 몰고 온 가을 밤바다
쏟아지는 별빛 눈에 머금고
아픈 흔적 지우려
홰친 뱃머리 철썩 철썩

귀뚜라미 등에 업힌
머룻빛 어둠 속 휘젓는 손
아가 아가 내 몸 뒤틀어라
부러져 비틀거린 허공의 침묵

가늠 못할 서러움
타락의 끝은
시간이던가 바람이던가
밤하늘 찢고 되묻는다

뒷골목 담벼락에 몸 걸치고
어둡게 태어난 추억들
나불나불 끊어질 듯
흐느낌 돌려 윤회의 실 뽑고 있다.

박덕은 作 [통곡](2018)

축제

— 최승벽

시간의 여행으로 펼쳐져
팝콘처럼 쏟아지는 열기로
관중석이 무대가 됐다

낯익은 몸짓에
가장 빛나는 나래 달고
타오르는 환호성에 불씨 붙는다

자유로움이
언어 뛰어넘어
함박눈처럼 내린다

열정과 어울림의
한마당

허공에 밝힌 이야기는
눈동자들 속에서
열애 중이었다

머나먼 별빛들도 내려와
가시지 않는 여운의 미로를

남긴다.

박덕은 作 [축제](2018)

고독

- 최승벽

멍에 걸고 태어난
발걸음

하얗게 사위는
겨울 가지 끝
보일 듯 보이지 않는 뒷마당

바람에 밀려가도
가랑잎까지 돌아눕는 쓸쓸함

어느새 삭정이처럼
툭툭 갈라졌다

밤샘에도 밑줄 친 비밀들을
토해내지 못했다

지금은
한숨 소리조차 가둔 채
아슴한 강 건너고 있다.

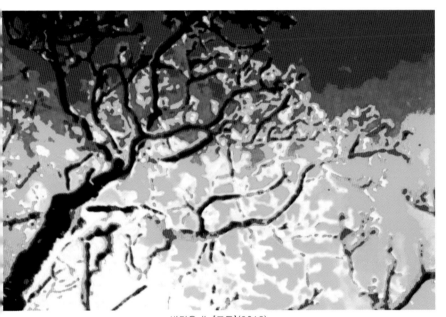

박덕은 作 [고독](2018)

몽돌해수욕장의 봄

- 한향흠

양팔 벌려 달려온
하얀 거품

새까만 조약돌
씻고 또 씻어
따스한 햇살에 말린다

타 버린 걸까
천성일까

곱게 곱게
달빛에 말려
피부 마사지한다

애처로운 눈빛에
서걱거리는 마음
반짝이는 별빛 부른다

둥글게 둥글게
다그락거리며
노래하는 자갈 소리

낙화한 동백의 고백
붉디붉게
차마폭에 안긴다.

박덕은 作 [몽돌해수욕장](2018)

봄이 오는 길목

- 한향흠

땅끝 마을로
여백 찾아 떠난다
남으로 남으로

푸른 물이
꿈틀 꿈틀
솜털처럼 일어나는 곳

영롱한 햇살에
아른거리는 아지랑이
살랑살랑 춤추는 곳

졸졸 흐르는 맑은 물살에
활짝 웃는 물그림자
어우렁 더우렁

아롱다롱 맺힌
봉오리들
꽃잎 열어 손짓하는 곳

어디선가 날아든

참새들
태곳적 신비 되새기는 곳

경쾌한 노랫소리에
귀가 번쩍
눈이 반짝

순수의 모습으로
그리운 추억 송이
다시 피어나는 곳.

박덕은 作 [봄이 오는 길목](2018)

복수초

(공작산 생태숲 문학상 수상작)

- 황귀옥

실바람 살랑살랑 앞뜨락 돋을양지
낯익은 노랑머리 화알짝 웃고 있네
또 다시 못 볼까 봐서 마음 졸여 서 있네

향긋한 입맞춤에 가슴속 두근두근
나는야 영원토록 님 곁에 있고 싶어
언제나 늘 변함없이 원앙같이 있고파

길고 긴 이별만은 싫어라 정말 정말
꽃잎은 떨어져서 바닥에 수를 놓고
먼 데 산 바라다보며 눈물짓네 오늘도.

박덕은 作 [복수초](2018)

겨울비

(공작산 문예축전 수상작)

- 황귀옥

진종일 추적추적 무심함 주저앉아
방안엔 푸석푸석 냉기가 두 팔 뻗고
창밖엔 뿌연 얼룩들 뒤척이며 툭툭툭

다독인 마음자락 시렁에 걸어 두고
쓸쓸한 빗속으로 후다닥 시선 돌려
뾰족이 싹튼 그리움 손 내밀어 보듬네

나목의 언저리에 긴 하품 엉겨붙어
창백한 먹구름에 음률 되어 흐르면
떠들썩 들끓던 추억 가멸가멸 흩어져.

박덕은 作 [겨울비](2018)

나의 하루

(국민일보 신춘문예 수상작)

- 황애라

파도는
물빛에 젖어
바다의 언어를 내뿜는다

바다의 추처럼
살아가는 동안
적정한 울림으로
계절 속을 떠다녔다

모든 게 그저
시간 속의 이야기로
남을지라도

그리고
끝없이 무언가를
갈구할지라도

초침 소리가
기억을 뚝뚝 끊고
지나갈 때마다

틀은 현실 앞에서
종종걸음이 되었고

자갈처럼 부대끼는
서로의 상처는
부드러운 몸짓으로
윤이 났고

가까이 다가가
어루만질 수는 없지만
깊숙이 품을 수 있는
그리움은
총총 퍼 올린 눈물샘 열고
가슴 깊이 아로새긴
잔잔한 기도의 문을
연다.

박덕은 作 [바다의 언어](2018)

정류장

(안양 창작시 문학상 수상작)

- 황애라

지친 몸 쉬고 싶을 땐
너에게로 간다

언제든 가슴 열고 기다리는
너에게로 간다

너른 품에 안기려
부랴부랴 간다

긴 시간 애타는 가슴으로
기다려 준 너에게로 간다

찾아주지 않는다며
푸념하지 않는 너에게로 간다.

박덕은 作 [정류장](2018)

빨래를 하다

촘촘히 스며든 이야기
툭툭 털어내
손끝으로 치댄 땟물 헹굼질한다

졸졸 흐르는 물길
출구에서
잠시 머뭇거린다

떨림을 헤치고
척 달라붙은 먼지들
미련한 너 때문인 거야

세상을 바라봐
흐르고픈 물길을
방망이로 두드리면 뭣이 되는지

정체하여도 그만이라는
익숙한 이들의 고백
낯설기만 하다

오늘의 흐린 출구는

그저 돌아갈 일
그뿐

지금은
숨고르기가 필요한 시간
천천히 들숨과 날숨을 배운다.

박덕은 作 [빨래](2018)

연가

- 황혜란

대나무 발 들추어대는
바람 소리

밤새 뒤척이는 그리움
꼭꼭 빗장 건다

읽을수록
풍화되어 버린 세월

고향집 담벼락 어디쯤
뒤란 감나무에 달려 있을
엄마의 꽃밭 속에도 숨어 있을
유년

부치지 않은 안부를
꾹꾹 눌러 쓰는 바다가
손 내밀어 주기를

오월이 오면
뒤뚱거리는 추억의
사랑이 시작된다.

박덕은 作 [대숲 바람 소리](2018)

문학박사 박덕은 (닉네임 : 낭만대통령)

전남 화순 출생

문학박사, 전 전남대학교 교수, 국어국문학과장 역임, 한실문예창작지도 교수, 아프리카TV BJ, 〈중앙일보〉 신춘문예 문학평론 당선, 〈창조문학신문〉 신춘문예 시 당선, 〈광주일보〉 신춘문예 동화 당선, 〈사이버 중랑〉 신춘문예 시 당선, 항공 문학상 수상, 여수해양 문학상 수상, 경기수필 문학상 수상, 우리숲 문학상 수상, 부산진시장 예술제 문학상 수상, 생활문예대상 수상, 안정복 문학상 수상(제1회), 문학박사, 전라남도 문화상, 한국아동문예상, 광주문학상(제1회), 계몽사 아동문학상 수상, 하운 문학상 수상(제1회), 지구사랑 문학상 수상, 한화생명 문학상 수상, 시집으로 〈당신〉, 〈나는 매일 밤 바람과 함께 사라진다〉 등 23권, 문학이론서로 〈현대시창작법〉 등 12권, 아동문학서로 〈살아 있는 그림〉 등 10권, 교양서 〈세계를 빛낸 사람들〉 시리즈 등 64권, 번역서로 〈소설의 이론〉 등 6권, 소설집으로 〈금지된 선택〉 등 7권, 건강서 〈비타민과 미네랄, 그리고 떠오르는 영양소〉 등 5권, 총 저서 125권 발간.

해학, 위트, 유머, 재치가 넘치는 그의 삶은 열정과 신념으로 가다듬은 125권의 저서에서 다채로운 향기를 풍기고 있다. 그리고 그 향기에 취한 '시를 사랑하는 사람들'과 함께 늘 시심을 가다듬기에 여념이 없다. 시를 쓰며 문학을 사랑하며 자신이 택한 길을 올곧게 달려가고 있는 그는 현재 서울을 비롯하여 광주, 나주, 곡성, 석곡뿐만 아니라 미국, 베트남, 일본, 앙골라, 두바이, 캐나다 등까지 시향을 펼치기 위해 오늘도 정성과 최선을 다하고 있으며, 아프리카tv "낭만대통령의 문학토크"(900회 돌파)를 통하여 350여 명의 작가 배출, 300여 개의 문학상 수상 등의 알찬 열매를 거두고 있다.

석류

– 박덕은

웅크리다 일어서며
손바닥 가득 푸르러지는
잎들이 하늘 받치고 있다

먹먹한 밤이 들어찰수록
순한 호흡 물어뜯기며
앙다문 입속 뎅겅거리는 된바람에
도무지 그칠 것 같지 않는 울분으로
멍울멍울 가득 박힌 동그라미들

매운 울음 서로 감싸며
고빗길 건너는 의로움들이
가지마다 싱싱하다

낮빛 창백한 오후,
흥건히 낮아져 가는 이름 물고
어둠을 내디디기 위해
턱뼈가 얼얼하도록 나아가지만
코앞에 낭떠러지는 다가와

한 걸음도 움직일 수 없다

무정한 비바람에도 더럽혀지지 않고
깊어 가는 눈빛들이 있어
안으로 치솟는 불길
천 갈래로 뻗어 나간다

아무도 모르게
총알 같이 단단한 껍질 가르고
터져 나오는 둥그런 일출

가을이
저리 살아남아
붉다.

박덕은 作 [석류](2018)

〈박덕은 프로필〉

* 시인
* 소설가
* 문학평론가
* 희곡작가
* 동화작가
* 수필가
* 동시인
* 시조시인
* 사진작가(사진 270점 전시회 발표)
* 화가(그림 900점 전시회 발표)
* 전남대학교 문학석사
* 전북대학교 문학박사
* 前 전남대학교 교수
* 前 전남대학교 국어국문학과장
* 한실문예창작 지도 교수
* 박덕은 문학관 관장
* 박덕은 미술관 관장
* 대한시문학협회 부회장
* 한국시연구회 이사
* 한국아동문학 동화분과위원장
* 녹색문단 이사
* 00신문 신춘문예 심사위원
* 월간 [문학공간] 신인문학상 상임 심사위원
* 향그런 문학회 지도 교수
* 부드런 문학회 시도 교수
* 예스런 문학회 지도 교수
* 포시런 문학회 지도 교수
* 꽃스런 문학회 지도 교수
* 탐스런 문학회 지도 교수
* 푸르른 문학회 지도 교수
* 온스런 문학회 지도 교수
* 꿈스런 문학회 지도 교수
* 덕스런 문학회 지도 교수
* 참다운 문학회 지도 교수
* 바로 문학회 지도 교수
* [중앙일보] 신춘문예 문학평론 당선
* [전남일보](現: 광주일보) 신춘문예 동화 당선
* [창조문학신문] 신춘문예 시 당선

* [사이버 중랑] 신춘문예 시 당선
* [시문학] 시 추천 완료
* [문학공간] 소설 추천신인상
* [문학세계] 희곡 신인문학상
* [아동문예] 소년소설 신인문학상
* [문예사조] 수필 신인문학상
* [시와 시인] 시조 청학신인상
* [아동문학평론] 동시 신인문학상
* [아동문학] 동시 신인문학상
* [문학공간] 본상(장편소설 부문) 수상
* 항공 문학상 수상
* 여수해양 문학상 수상
* 하운 문학상(제1회)
* 계몽사 아동문학상 수상
* 한국 아동 문학상 수상
* 한국 아동 문예상 수상
* 아동문예작가상 수상
* 광주 문학상 수상(제1회)
* 전라남도 문화상 수상
* 지구사랑 문학상 수상
* 한화생명 문학상 수상
* 경기수필 문학상 수상
* 우리숲 문학상 수상
* 부산진시장 예술제 문학상 수상
* 생활문예대상 수상
* 안정복 문학상 수상(제1회)
* 문학이론서 [현대시창작법] 등 16권
* 시집 [당신] 등 22권
* 소설집 [금지된 선택] 등 7권
* 번역서 [철학의 향기] 등 6권
* 아동문학서 [돼지의 일기] 등 10권
* 교양서 [성공DNA] 등 57권
* 건강서 [미네랄과 비타민, 떠오르는 영양소] 등 5권
* 총 저서 125권 발간

〈박덕은 문학 이론서 발간 현황〉

제1문학이론서 〈현대시창작법〉

제2문학이론서 〈현대 소설의 이론〉

제3문학이론서 〈문학연구방법론〉

제4문학이론서 〈소설의 이론〉
제5문학이론서 〈현대문학비평의 이론과 응용〉
제6문학이론서 〈문체론〉
제7문학이론서 〈문체의 이론과 한국현대소설〉
제8문학이론서 〈한국현대소설의 이론과 적용〉
제9문학이론서 〈시의 이론과 창작〉
제10문학이론서 〈해금작가작품론〉
제11문학이론서 〈디코럼 언어영역〉
제12문학이론서 〈논술 고사 정복〉
제13문학이론서 〈심층면접 구술 고사 정복〉
제14문학이론서 〈동글파 언어영역〉
제15문학이론서 〈논술교실〉
제16문학이론서 〈꿈샘 논술〉

〈박덕은 시집 발간 현황〉

제1시집 〈바람은 시간을 털어낸다〉
제2시집 〈거시기〉
제3시집 〈무지개 학교〉
제4시집 〈케노시스〉
제5시집 〈길트기〉
제6시집 〈갇힘의 비밀〉
제7시집 〈소낙비 오는 정오에〉
제8시집 〈자유人.사랑人〉
제9시집 〈나찾기〉
제10시집 〈지푸라기〉
제11시집 〈동심이 흐르는 강〉
제12시집 〈자그만 숲의 사랑 이야기〉
제13시집 〈사랑한다는 것은〉
제14시집 〈느낌표가 머무는 공간〉
제15시집 〈그대에게 소중한 사랑이 되어·1〉
제16시집 〈그대에게 소중한 사랑이 되어·2〉
제17시집 〈둥지 높은 그리움〉
제18시집 〈곶감 말리기〉
제19시집 〈사랑의 블랙홀〉
제20시집 〈나는 그대에게 늘 설레임이고 싶다〉
제21시집 〈내 가슴이 사고 쳤나 봐〉
제22시집 〈당신〉
제23시집 〈나는 매일 밤 바람과 함께 사라진다〉

〈박덕은 소설집 발간 현황〉

제1소설집 〈죽음의 키스〉
제2소설집 〈양귀비의 고백〉(풍류여인열전·1)
제3소설집 〈황진이의 고독〉(풍류여인열전·2)
제4소설집 〈일타홍의 계절〉(풍류여인열전·3)
제5소설집 〈이매창의 사랑일기〉(풍류여인열전·4)
제6소설집 〈서울아라비아나이트〉
제7소설집 〈금지된 선택〉

〈박덕은 번역서 발간 현황〉

제1번역서 〈소설의 이론〉
제2번역서 〈철학의 향기〉
제3번역서 〈사랑하는 사람 가슴에 심어주고픈 말〉
제4번역서 〈철학자의 터진 옷소매〉
제5번역서 〈세계 반란사〉
제6번역서 〈한국 반란사〉

〈박덕은 아동문학서 발간 현황〉

제1아동문학서 〈살아있는 그림〉
제2아동문학서 〈3001년〉
제3아동문학서 〈무지개학교〉
제4아동문학서 〈동심이 흐르는 강〉
제5아동문학서 〈곶감 말리기〉
제6아동문학서 〈서울 걸리버 여행기〉 261
제7아동문학서 〈돼지의 일기〉
제8아동문학서 〈해외 신화〉
제9아동문학서 〈마녀 헤르소의 모험〉(1권)
제10아동문학서 〈마녀 헤르소의 모험〉(2권)

〈박덕은 교양서 발간 현황〉

제1교양서 〈해학의 강〉
제2교양서 〈바보 성자〉
제3교양서 〈미네르바의 부엉이는 황혼녘에 날은다〉
제4교양서 〈멋진 여자, 멋진 남자〉
제5교양서 〈우화 천국〉
제6교양서 〈나만 불행한 게 아니로군요〉
제7교양서 〈나만 행복한 게 아니로군요〉
제8교양서 〈나만 어리석은 게 아니로군요〉
제9교양서 〈행복한 바보 성자〉

이상 총 저서 125권 발간

한실 문예창작 문우들의 빛나는 열매들

지도 교수 박덕은 박사의 제자들 신인문학상 수상 현황

☆ 시 부문 신인문학상 수상자 ☆

김용주 시인(한실문예창작 탐스런 문학회)

윤성택 시인(한실문예창작 꽃스런 문학회)

최세환 시인(한실문예창작 꽃스런 문학회)

정주이 시인(한실문예창작 꽃스런 문학회)

이은정 시인(한실문예창작 부드런 문학회)

노연희 시인(한실문예창작 꽃스런 문학회)

임영희 시인(한실문예창작 향그런 문학회)

정달성 시인(한실문예창작 향그런 문학회)

이삼순 시인(한실문예창작 향그런 문학회)

황혜란 시인(한실문예창작 탐스런 문학회)

설미애 시인(한실문예창작 포시런 문학회)

이수진 시인(한실문예창작 포시런 문학회)

이영희 시인(한실문예창작 꽃스런 문학회)

최선화 시인(한실문예창작 꽃스런 문학회)

김이향 시인(한실문예창작 탐스런 문학회)

유양업 시인(한실문예창작 탐스런 문학회)

최길숙 시인(한실문예창작 포시런 문학회)

이미자 시인(한실문예창작 포시런 문학회)

박세연 시인(한실문예창작 향그런 문학회)

김송월 시인(한실문예창작 탐스런 문학회)

김관훈 시인(한실문예창작 포시런 문학회)

전춘순 시인(한실문예창작 포시런 문학회)

배종숙 시인(한실문예창작 성스런 문학회)

김부배 시인(한실문예창작 포시런 문학회)

윤희정 시인(한실문예창작 향그런 문학회)

한승희 시인(한실문예창작 둥그런 문학회)

정경옥 시인(한실문예창작 둥그런 문학회)

황조한 시인(한실문예창작 둥그런 문학회)

정봉애 시인(한실문예창작 싱그런 문학회)

전지현 시인(한실문예창작 싱그런 문학회)

전숙경 시인(한실문예창작 포시런 문학회)

정회만 시인(한실문예창작 부드런 문학회)

조정일 시인(한실문예창작 둥그런 문학회)

박향미 시인(한실문예창작 부드런 문학회)

정점례 시인(한실문예창작 부드런 문학회)

박계수 시인(한실문예창작 부드런 문학회)

황애라 시인(한실문예창작 부드런 문학회)

위향환 시인(한실문예창작 둥그런 문학회)

차은자 시인(한실문예창작 향그런 문학회)

이후남 시인(한실문예창작 포시런 문학회)

정순애 시인(한실문예창작 싱그런 문학회)

최기숙 시인(한실문예창작 부드런 문학회)

전금희 시인(한실문예창작 포시런 문학회)

이숙재 시인(한실문예창작 포시런 문학회)

임병민 시인(한실문예창작 부드런 문학회)

강현옥 시인(한실문예창작 포시런 문학회)

백인옥 시인(한실문예창작 포시런 문학회)

손수영 시인(한실문예창작 부드런 문학회)

이현숙 시인(한실문예창작 부드런 문학회)

김태환 시인(한실문예창작 포시런 문학회)

서정화 시인(한실문예창작 싱그런 문학회)

송인영 시인(한실문예창작 부드런 문학회)

문혜숙 시인(한실문예창작 둥그런 문학회)

문재규 시인(한실문예창작 포시런 문학회)

신점식 시인(한실문예창작 포시런 문학회)

주경숙 시인(한실문예창작 포시런 문학회)

주경희 시인(한실문예창작 포시런 문학회)

이두원 시인(한실문예창작 둥그런 문학회)

고경희 시인(한실문예창작 둥그런 문학회)

이연정 시인(한실문예창작 둥그런 문학회)

최태봉 시인(한실문예창작 싱그런 문학회)　　박홍순 시인(한실문예창작 둥그런 문학회)
문인자 시인(한실문예창작 싱그런 문학회)　　박은영 시인(한실문예창작 향그런 문학회)
김미경 시인(한실문예창작 둥그런 문학회)　　소귀옥 시인(한실문예창작 싱그런 문학회)
임종준 시인(한실문예창작 해돋이 문학회)　　박봉은 시인(한실문예창작 포시런 문학회)
윤상현 시인(한실문예창작 해돋이 문학회)　　김은주 시인(한실문예창작 둥그런 문학회)
권자현 시인(한실문예창작 해돋이 문학회)　　장헌권 시인(한실문예창작 해돋이 문학회)
정연숙 시인(한실문예창작 둥그런 문학회)　　김용숙 시인(한실문예창작 부드런 문학회)
형광석 시인(한실문예창작 둥그런 문학회)　　임순이 시인(한실문예창작 싱그런 문학회)
김현정 시인(한실문예창작 둥그런 문학회)　　김영욱 시인(한실문예창작 해돋이 문학회)
문영미 시인(한실문예창작 싱그런 문학회)　　김영순 시인(한실문예창작 둥그런 문학회)
이숙희 시인(한실문예창작 싱그런 문학회)　　김혜숙 시인(한실문예창작 둥그런 문학회)
허소영 시인(한실문예창작 해돋이 문학회)　　김순정 시인(한실문예창작 향그런 문학회)
백옥순 시인(한실문예창작 향그런 문학회)　　고명순 시인(한실문예창작 둥그런 문학회)
이서영 시인(한실문예창작 싱그런 문학회)　　김옥희 시인(한실문예창작 둥그런 문학회)
이호준 시인(한실문예창작 향그런 문학회)　　강정숙 시인(한실문예창작 부드런 문학회)

☆ 시조 부문 신인문학상 수상자 ☆

유양업 시조 시인(한실문예창작 탐스런 문학회)
황귀옥 시조 시인(한실문예창작 탐스런 문학회)
김영순 시조 시인(한실문예창작 탐스런 문학회)
배종숙 시조 시인(한실문예창작 포시런 문학회)
강순옥 시조 시인(한실문예창작 포시런 문학회)
김부배 시조 시인(한실문예창작 포시런 문학회)
이인환 시조 시인(한실문예창작 포시런 문학회)

☆ 수필 부문 신인문학상 수상자 ☆

김태현 수필가(한실문예창작 탐스런 문학회)
최세환 수필가(한실문예창작 탐스런 문학회)
유양업 수필가(한실문예창작 탐스런 문학회)
임희정 수필가(한실문예창작 탐스런 문학회)
김미경 수필가(한실문예창작 탐스런 문학회)

☆ 동화 부문 신인문학상 수상자 ☆

최비건 동화작가(한실문예창작 꽃스런 문학회)

지도 교수 박덕은 박사의 제자들 작품집 발간 현황

☆ 한실문예창작 동인지 제13집 [여백의 미학](도서출판 서영, 2018)

☆ 조정일 제1시집 [몰래 한 사랑](도서출판 서영, 2018)

☆ 황애라 제1시집 [눈이 집 짓는 연못](도서출판 한림, 2018)

☆ 정주이 제1시집 [그때는 몰랐어요](도서출판 서영, 2018)

☆ 박봉은 제7시집 [사랑은 감기몸살처럼](도서출판 서영, 2018)

☆ 이수진 제2시집 [사찰이 시를 읊다](도서출판 서영, 2017)

☆ 한실문예창작 동인지 제12집 [그대는 나의 누구인가](도서출판 서영, 2017)

☆ 김부배 제3시집 [그리움의 언덕에 서다](도서출판 서영, 2017)

☆ 신명희 제1시집 [백지 퍼즐](도서출판 디자인화이트, 2016)

☆ 최세환 수필집 [그곳 봄은 맛있었다](도서출판 서영, 2016)

☆ 장헌권 제2시집 [아직 끝나지 않은 이야기](도서출판 서영, 2016)

☆ 유양업 수필집 [바람 따라 구름 따라 별빛 따라](도서출판 서영, 2016)

☆ 한실문예창작 동인지 제11집 [마냥 좋아서](도서출판 서영, 2016)

☆ 이수진 제1시집 [그리움이라서](도서출판 서영, 2016)

☆ 배종숙 제1시집 [그리움 헤아리다](도서출판 서영, 2016)

☆ 최길숙 제1시집 [사랑은 시가 되어](도서출판 서영, 2016)

☆ 김부배 제2시집 [사랑의 콩깍지](도서출판 서영, 2016)

☆ 이인환 제1시집 [그리움 머문 자리](도서출판 서영, 2016)

☆ 이후남 제2시집 [한 잔 술에 가둘 수 없어](도서출판 서영, 2016)

☆ 전금희 제2시집 [그 누가 다녀간 것일까](도서출판 서영, 2015)

☆ 박봉은 제6시집 [당신에게·둘](도서출판 서영, 2015)

☆ 고영숙 시·산문집 [한가한 날의 독백]((도서출판 시와사람, 2015)

☆ 한실문예창작 동인지 제10집 [처음 사랑](도서출판 서영, 2015)

☆ 유양업 제1시집 [오늘도 걷는다](도서출판 서영, 2015)

☆ 전춘순 제1시집 [내 사람 될 때까지](도서출판 서영, 2015)

☆ 김부배 제1시집 [첫사랑](도서출판 서영, 2015)

☆ 한실문예창작 동인지 제9집 [보고픔이 자라고 자라서](도서출판 서영, 2014)

☆ 박봉은 제5시집 [유리인형](도서출판 서영, 2014)

☆ 김영순 제2시집 [풀꽃향 당신](도서출판 서영, 2013)

☆ 최기숙 제1시집 [마냥 좋기만 한 그대](도서출판 서영, 2013)

☆ 한실문예창작 동인지 제8집 [꽃만 봐도 서러운 그날](도서출판 서영, 2013)

☆ 박봉은 제4시집 [비밀 일기](도서출판 서영, 2013)

☆ 최승벽 제1시집 [할 말은 가득해도](도서출판 서영, 2013)

☆ 이호준 제1시집 [단 한 번 사랑으로도](도서출판 서영, 2013)

☆ 문재규 제1시집 [바람이 열어 놓은 꽃잎](도서출판 서영, 2013)

☆ 이후남 제1시집 [쓸쓸함에 대하여](도서출판 서영, 2012)

☆ 전금희 제1시집 [가을은 어디나 빈자리가 없다](도서출판 서영, 2012)

☆ 주경희 제1시집 [작아지고 싶다](도서출판 서영, 2012)

☆ 신점식 제1시집 [이 환장할 봄날에](도서출판 서영, 2012)
☆ 박봉은 제3시집 [당신에게/하나](도서출판 서영, 2012)
☆ 한실문예창작 동인지 제7집 [아직도 사랑인가 봐](도서출판 서영, 2012)
☆ 김미경 동시집 [유모차 탄 강아지](도서출판 서영, 2012)
☆ 박완규 제1시집 [사랑의 빈자리 될까 봐](도서출판 서영, 2011)
☆ 김순정 제1시집 [세월이 품은 그리움](도서출판 서영, 2011)
☆ 김숙희 제1시집 [또 한 번 스무 살이 되고 싶은 밤](도서출판 서영, 2011)
☆ 강만순 제1시집 [화장을 지우며](도서출판 서영, 2011)
☆ 장헌권 제1시집 [시가 영화를 만나다](도서출판 쿰란출판사, 2011)
☆ 박봉은 제2시집 [아시나요](도서출판 좋은땅, 2010)
☆ 정연숙 제1시집 [늘 곁에 있는 다른 나처럼](도서출판 좋은땅, 2010)
☆ 형광석 제1시집 [입술이 탄다](도서출판 한출판, 2010)
☆ 박봉은 제1시집 [당신만 행복하다면](도서출판 좋은땅, 2010)
☆ 신순복 제2시집 [내가 머무는 곳](도서출판 현대문예, 2010)
☆ 김성순 제1시집 [하얀 속울음까지 들켜 버렸잖아](도서출판 한출판, 2009)
☆ 김영순 제1시집 [고목나무에 꽃이 핀 사연](도서출판 심미안, 2009)
☆ 김태환 소설집 [바람벽](도서출판 서영, 2011)
☆ 고희남 수필집 [바람난 비둘기](도서출판 꿈샘, 2006)
☆ 김현주 동시집 [마법 같은 하루](도서출판 꿈샘, 2006)
☆ 김보미 동시집 [4교시가 끝났다](도서출판 꿈샘, 2006)

지도 교수 박덕은 박사의 제자들의 문학상 & 기타 수상 현황

☆ 2018.6.용아 박용철 백일장 수상-홍기선(문강:한실문예창작 탐스런 문학회)
☆ 2018.6.용아 박용철 백일장 수상-김용주(아통:한실문예창작 꽃스런 문학회)
☆ 2018.6.용아 박용철 백일장 수상-이삼순(월암:한실문예창작 향그런 문학회)
☆ 2018.6.용아 박용철 문학상 수상-김영순(아정:한실문예창작 탐스런 문학회)
☆ 2018.6.용아 박용철 문학상 수상-김현태(형국:한실문예창작 향그런 문학회)
☆ 2018.6.용아 박용철 문학상 수상-황혜란(그루터기:한실문예창작 향그런 문학회)
☆ 2018.6.용아 박용철 문학상 수상-정주이(예말이요:한실문예창작 향그런 문학회)
☆ 2018.6.용아 박용철 문학상 수상-임영희(목련:한실문예창작 향그런 문학회)
☆ 2018.6.용아 박용철 문학상 수상-서희정(백합향:한실문예창작 탐스런 문학회)
☆ 2018.6.용아 박용철 문학상 수상-나명엽(도요새:한실문예창작 탐스런 문학회)
☆ 2018.6.용아 박용철 문학상 수상-장헌권(헌책:한실문예창작 부드런 문학회)
☆ 2018.6.용아 박용철 문학상 수상-김이향(스스로:한실문예창작 향그런 문학회)
☆ 2018.6.용아 박용철 문학상 수상-김송월(플로라:한실문예창작 향그런 문학회)
☆ 2018.5.시인마을 문학상 수상-김이향(스스로:한실문예창작 향그런 문학회)
☆ 2018.5.시인마을 문학상 수상-김송월(플로라:한실문예창작 향그런 문학회)
☆ 2018.5.시인마을 문학상 수상-최세환(시암골:한실문예창작 탐스런 문학회)
☆ 2018.5.안정복 문학상 수상-박덕은(낭만대통령:한실문예창작 지도 교수)
☆ 2018.5.국제문학 작품 우수상 수상-김명대(자유:한실문예창작 탐스런 문학회)

☆ 2018.5.오월어머니상 수상-장헌권(헌책:한실문예창작 부드런 문학회)

☆ 2018.5.어린이동아일보 독자한마당상 수상-지승기(승리:한실문예창작 덕스런 문학회)

☆ 2018.5.어린이동아일보 문학상 장원 수상-박범우(퍼즐왕:한실문예창작 꿈스런 문학회)

☆ 2018.5.국립재활원 공모전 수상-장헌권(헌책:한실문예창작 부드런 문학회)

☆ 2018.4.김영랑 백일장 최우수상 수상-정주이(예말이요:한실문예창작 향그런 문학회)

☆ 2018.4.김영랑 백일장 장려상 수상-나명엽(도요새:한실문예창작 탐스런 문학회)

☆ 2018.4.하인리히 하이네 문학상 대상 수상-김부배(첫사랑:한실문예창작 포시런 문학회)

☆ 2018.4.어린이동아일보 문예상 수상-박범우(퍼즐왕:한실문예창작 꿈스런 문학회)

☆ 2018.3.어린이동아일보 으뜸상(대상) 수상-최성빈(꿈꽃:한실문예창작 덕스런(돌실) 문학회)

☆ 2018.3.부천 시가활짝 문학상 수상-윤성택(하늘금:한실문예창작 부드런 문학회)

☆ 2018.3.부천 시가활짝 문학상 수상-윤정(정다운:한실문예창작 부드런 문학회)

☆ 2018.3.어린이동아일보 문예상 수상-최성빈(꿈꽃:한실문예창작 덕스런(돌실) 문학회)

☆ 2018.3.한겨레 에세이 공모전 수상-장헌권(헌책:한실문예창작 부드런 문학회)

☆ 2018.3.샘터 수필 문학상 수상-장헌권(헌책:한실문예창작 부드런 문학회)

☆ 2018.3.생활문예대상 수상-박덕은(낭만대통령:한실문예창작 지도 교수)

☆ 2018.3.우리말 매일 글짓기 공모전 장원 수상-고연주(꽃연주:한실문예창작 포시런 문학회)

☆ 2018.3.가락시장 공모전 당선-이수진(다래향:한실문예창작 포시런 문학회)

☆ 2018.3.가락시장 공모전 당선-황애라(푸른호수:한실문예창작 부드런 문학회)

☆ 2018.2.부산문화글판 공모전 당선-김부배(첫사랑:한실문예창작 포시런문학회)

☆ 2018.2.부산문화글판 공모전 당선-이인환(물망초:한실문예창작 포시런 문학회)

☆ 2018.2.부산문화글판 공모전 당선-배종숙(꿈곱하기백:한실문예창작 포시런 문학회)

☆ 2018.2.[샘터] 문학상 수필 공모전 수상-김명대(자유:한실문예창작 탐스런 문학회)

☆ 2018.2.빛창공모전 당선-박봉은(전설의영웅:한실문예창작 포시런 문학회)

☆ 2018.2.빛창공모전 당선-배종숙(꿈곱하기백:한실문예창작 꽃스런 문학회)

☆ 2018.1.중앙일보 시조 백일장 수상-이인환(물망초:한실문예창작 포시런 문학회)

☆ 2017.12.제1회 미래엔 창작 글감 문학상 수상-박범우(퍼즐왕:한실문예창작 꿈스런 문학회)

☆ 2017.12.아동문학대전 문학상 수상-박범우(퍼즐왕:한실문예창작 꿈스런 문학회)

☆ 2017.12.아동문학대전 문학상 수상-박건우(연우:한실문예창작 꿈스런 문학회)

☆ 2017.12.스토리텔링 여성가온누리상 수상-서희정(백합향:한실문예창작 탐스런 문학회)

☆ 2017.12.우리말 매일 글짓기 전국 공모전 수상-노연희(연꽃:한실문예창작 포시런 문학회)

☆ 2017.12.예우증진 문학상 수상-서희정(백합향:한실문예창작 탐스런 문학회)

☆ 2017.11.의정부 문학상 수상-김관훈(동키짱:한실문예창작 포시런 문학회)

☆ 2017.11.부산진시장 예술제 문학상 수상 -박덕은(낭만대통령:한실문예창작 지도 교수)

☆ 2017.11.부산문화글판 공모전 수상-이인환(물망초:한실문예창작 포시런 문학회)

☆ 2017.11.우리숲 문학상 수상-박덕은(낭만대통령:한실문예창작 지도 교수)

☆ 2017.11.농어촌문학상(수필 부문) 수상-서희정(백합향:한실문예창작 탐스런 문학회)

☆ 2017.11.나주문화원 문화공로상 수상-강현옥(오로라:한실문예창작 부드런 문학회)

☆ 2017.10.전국 안보 표어 공모전 수상-장영근(귀공자:한실문예창작 꽃스런 문학회)

☆ 2017.10.서구민 문예 백일장 수상-김영순(아정:한실문예창작 탐스런 문학회)

☆ 2017.10.서구민 문예 백일장 수상-정연숙(유심:한실문예창작 탐스런 문학회)

☆ 2017.10.서구민 문예 백일장 수상-장헌권(헌책:한실문예창작 부드런 문학회)

☆ 2017.10.서구민 문예 백일장 수상-정주이(예말이요:한실문예창작 탐스런 문학회)

☆ 2017.10.서구민 문예 백일장 수상-서희정(백합향:한실문예창작 탐스런 문학회)

☆ 2017.10.서구민 문예 백일장 수상-나명엽(도요새:한실문예창작 탐스런 문학회)

☆ 2017.10.농어촌 문학상-박범우(퍼즐왕:한실문예창작 꿈스런 문학회)

☆ 2017.10.농어촌 문학상-박건우(연우:한실문예창작 꿈스런 문학회)

☆ 2017.10.노인공경 전국 글짓기 공모전 수상-서희정(백합향:한실문예창작 탐스런 문학회)

☆ 2017.10.경기 수필 문학상 수상-박덕은(낭만대통령:한실문예창작 지도 교수)

☆ 2017.9.서울지하철 문학상 수상-김부배(첫사랑:한실문예창작 포시런 문학회)

☆ 2017.9.고모령 효예술제 문학상 수상-김부배(첫사랑:한실문예창작 포시런 문학회)

☆ 2017.9.고모령 효예술제 문학상 수상-이수진(다래향:한실문예창작 포시런 문학회)

☆ 2017.9.고모령 효예술제 문학상 수상-노연희(연꽃:한실문예창작 포시런 문학회)

☆ 2017.9.고모령 효예술제 문학상 수상-정경옥(단아:한실문예창작 탐스 문학회)

☆ 2017.9.고모령 효예술제 문학상 수상-서희정(백합향:한실문예창작 탐스런 문학회)

☆ 2017.9.한민족통일문예대전 수상-황애라(푸른호수:한실문예창작 부드런 문학회)

☆ 2017.9.행복나눔 문학상 수상-유양업(야나:한실문예창작 탐스런 문학회)

☆ 2017.8.공작산 생태숲 문예축전 수상-황귀옥(옥구슬:한실문예창작 온스런 문학회)

☆ 2017.8.부산문화글판 공모전 수상-김부배(첫사랑:한실문예창작 포시런 문학회)

☆ 2017.8.민주평화통일자문회의 슬로건 공모전 수상-이수진(다래향:한실문예창작 포시런 문학회)

☆ 2017.8.향촌문학상 시 부문 최우수상 수상-정경옥(단아:한실문예창작 탐스런 문학회)

☆ 2017.8.향촌문학상 시 부문 대상 수상-강현옥(오로라:한실문예창작 부드런 문학회)

☆ 2017.8.향촌문학상 수필 부문 대상 수상-유양업(야나:한실문예창작 탐스런 문학회)

☆ 2017.8.향촌문학상 시 부문 최우수상 수상-이수진(다래향:한실문예창작 포시런 문학회)

☆ 2017.7.지구사랑 문학상 수상-이호준(운거:한실문예창작 탐스런 문학회)

☆ 2017.7.충주문학관 문학상 장원 수상-서희정(백합향:한실문예창작 탐스런 문학회)

☆ 2017.7.지구사랑 문학상 수상-최세환(시암골:한실문예창작 탐스런 문학회)

☆ 2017.7.지구사랑 문학상 수상-박덕은(낭만대통령:한실문예창작 지도 교수)

☆ 2017.7.지구사랑 문학상 수상-강승우(꿈길:한실문예창작 꿈스런 문학회)

☆ 2017.7.지구사랑 문학상 수상-유양업(야나:한실문예창작 탐스런 문학회)

☆ 2017.7.지구사랑 문학상 수상-서희정(백합향:한실문예창작 탐스런 문학회)

☆ 2017.6.사이버 중랑신춘문예 문학상 수상-박덕은(낭만대통령:한실문예창작 지도 교수)

☆ 2017.6.경기천년체 문학상-이인환(물망초:한실문예창작 포시런 문학회)

☆ 2017.6.충주문학관 문학상 장원 수상-이삼순(월암:한실문예창작 향그런 문학회)

☆ 2017.6.용아 박용철 백일장 수상-형시원(칼라판:한실문예창작 탐스런 문학회)

☆ 2017.6.용아 박용철 백일장 수상-노문영(백강:한실문예창작 푸르른 문학회)

☆ 2017.6.용아 박용철 백일장 수상-유양업(야나:한실문예창작 탐스런 문학회)

☆ 2017.6.용아 박용철 백일장 수상-배종숙(은곡:한실문예창작 포시런 문학회)

☆ 2017.6.용아 박용철 백일장 수상-최세환(시암골:한실문예창작 탐스런 문학회)

☆ 2017.6.용아 박용철 백일장 수상-박덕은(낭만대통령:한실문예창작 지도 교수)

☆ 2017.6.용아 박용철 백일장 수상-황애라(푸른호수:한실문예창작 부드런 문학회)

☆ 2017.6.용아 박용철 백일장 수상-김재원(재롱꽃:한실문예창작 꿈스런 문학회)

☆ 2017.5.부산문화글판 공모전 수상-김부배(첫사랑:한실문예창작 포시런 문학회)

☆ 2017.5.서래섬배 백일장 수상-서희정(백합향:한실문예창작 푸르른 문학회)

☆ 2017.5.서래섬배 백일장 수상-배종숙(은곡:한실문예창작 포시런 문학회)

☆ 2017.5.서래섬배 백일장 수상-이수진(다래향:한실문예창작 포시런 문학회)

☆ 2017.5.서래섬배 백일장 수상-박덕은(낭만대통령:한실문예창작 지도 교수)

☆ 2017.5.빛창 문학상 수상-김영자(호수:한실문예창작 향그런 문학회)

☆ 2017.4.제1회 화암문학상 수상-심재연(재연:한실문예창작 온스런 문학회)

☆ 2017.3.부산문화글판 공모 수상-이수진(다래향:한실문예창작 포시런 문학회)

☆ 2017.3.샘터 시조 문학상 수상-이수진(다래향:한실문예창작 포시런 문학회)

☆ 2017.2.샘터 시조 문학상 수상-김부배(첫사랑:한실문예창작 포시런 문학회)

☆ 2017.2.21세기창작문학 작가상 수상-배종숙(은곡:한실문예창작 포시런 문학회)

☆ 2016.11.부산문화글판 공모 수상-이수진(다래향:한실문예창작 포시런 문학회)

☆ 2016.11.부산문화글판 공모 당선-강현옥(오로라:한실문예창작 부드런 문학회)

☆ 2016.11.눈높이아동문학대전 수상-강창우(꽃노래:한실문예창작 꿈스런 문학회)

☆ 2016.11.샘터시조상 수상-배종숙(은곡:한실문예창작 포시런 문학회)

☆ 2016.10.전국농어촌청소년 문예제전 수상-박범우(퍼즐왕:한실문예창작 꿈스런 문학회)

☆ 2016.10.동서문학상 수상-김미경(봄동산:한실문예창작 온스런 문학회)

☆ 2016.10.동서문학상 수상-정연숙(유심:한실문예창작 탐스런 문학회)

☆ 2016.10.여수해양 문학상 수상-박덕은(낭만대통령:한실문예창작 지도 교수)

☆ 2016.10.신사임당 문학상 수상-김부배(첫사랑:한실문예창작 포시런 문학회)

☆ 2016.10.영광불갑사 상사화 축제 문학상 수상-이호준(운거:한실문예창작 탐스런 문학회)

☆ 2016.10.박경리문학제 전국청소년 백일장 수상-강창우(꽃노래:한실문예창작 꿈스런 문학회)

☆ 2016.10.박경리문학제 전국청소년 백일장 수상-강승우(꿈길:한실문예창작 꿈스런 문학회)

☆ 2016.10.구상한강백일장 대상 수상-서동영(별이로다:한실문예창작 포시런 문학회)

☆ 2016.10.곡성 심청 백일장 대상 수상-박범우(퍼즐왕:한실문예창작 꿈스런 문학회)

☆ 2016.10.나주예술문화상 수상-황애라(푸른호수:한실문예창작 부드런 문학회)

☆ 2016.10.제2회 백호시낭송대회 수상-강현옥(오로라:한실문예창작 부드런 문학회)

☆ 2016.10.제2회 백호시낭송대회 수상-황애라(푸른호수:한실문예창작 부드런 문학회)

☆ 2016.9.항공 문학상 수상-박덕은(낭만대통령:한실문예창작 지도 교수)

☆ 2016.9.광주시 시낭송대회 수상-김영순(아정:한실문예창작 탐스런 문학회)

☆ 2016.9.국립공원 슬로건 수상-김부배(첫사랑:한실문예창작 포시런 문학회)

☆ 2016.9.서울지하철 문학상 수상-김부배(첫사랑:한실문예창작 포시런 문학회)

☆ 2016.8.공작산생태숲문학상 시 으뜸상 수상-박범우(퍼즐왕:한실문예창작 꿈스런 문학회)

☆ 2016.8.공작산생태숲문학상 시조 키움상 수상-황귀옥(옥구슬:한실문예창작 온스런 문학회)

☆ 2016.8.공작산생태숲문학상 시 키움상 수상-정은미(라라:한실문예창작 덕스런 문학회)

☆ 2016.8.공작산생태숲문학상 시 키움상 수상-강승우(꿈길:한실문예창작 꿈스런 문학회)

☆ 2016.8.공작산생태숲문학상 시 키움상 수상-박건우(연우:한실문예창작 꿈스런 문학회)

☆ 2016.8.나주시 소통글판 문안 우수상 수상-강현옥(오로라:한실문예창작 부드런 문학회)

☆ 2016.8.한화생명 문학상 수상-심재연(재연:한실문예창작 온스런 문학회)

☆ 2016.8.한화생명 문학상 수상-김영순(아정:한실문예창작 탐스런 문학회)

☆ 2016.8.한화생명 문학상 수상-유양업(야나:한실문예창작 탐스런 문학회)

☆ 2016.8.한화생명 문학상 수상-유양업(야나:한실문예창작 탐스런 문학회)

☆ 2016.8.한화생명 문학상 수상-나은희(진달래:한실문예창작 부드런 문학회)

☆ 2016.8.한화생명 문학상 수상-이순복(봄처녀:한실문예창작 온스런 문학회)

☆ 2016.8.한화생명 문학상 수상-박덕은(낭만대통령:한실문예창작 지도 교수)

☆ 2016.8.재능시 낭송대회 수상-김영순(아정:한실문예창작 탐스런 문학회)

☆ 2016.7.수원 문학상 수상-강현옥(오로라:한실문예창작 부드런 문학회)

☆ 2016.7.수원 문학상 수상-이혜정(핑크마마:한실문예창작 온스런 문학회)

☆ 2016.7.전국 장애인 인식개선 콘테스트 문학상 수상-김미경(숲속의공주:한실문예창작 탐스런 문학회)

☆ 2016.7.충주문학관 문학상 장원 수상-김영순(아정:한실문예창작 탐스런 문학회)

☆ 2016.6.매일신문 시니어 문학상 논픽션 부문 특선 수상-이순복(봄처녀:한실문예창작 온스런 문학회)

☆ 2016.6.매일신문 시니어 문학상 시 부문 특선 수상-이순복(봄처녀:한실문예창작 온스런 문학회)

☆ 2016.6.지구사랑 문학상 수상-이담(늘해랑:한실문예창작 부드런 문학회)

☆ 2016.6.지구사랑 문학상 수상-김재원(다원:한실문예창작 부드런 문학회)

☆ 2016.6.지구사랑 문학상 수상-이인환(물망초:한실문예창작 포시런 문학회)

☆ 2016.6.지구사랑 문학상 수상-강현옥(오로라:한실문예창작 부드런 문학상)

☆ 2016.6.지구사랑 문학상 수상-이호준(운거:한실문ㅇ예창작 탐스런 문학회)

☆ 2016.6.지구사랑 문학상 수상-김부배(첫사랑:한실문예창작 포시런 문학회)

☆ 2016.6.지구사랑 문학상 수상-박덕은(낭만대통령:한실문예창작 지도 교수)

☆ 2016.6.신인문학상 시 부문 수상-노연희(연꽃:한실문예창작 꽃스런 문학회)

☆ 2016.6.제1회 다독다독 문학상 수상-정경옥(단아:한실문예창작 탐스런 문학회)

☆ 2016.6.제1회 비바비 문학상 수상-황애라(푸른호수:한실문예창작 부드런 문학회)

☆ 2016.6.용아 박용철 전국 백일장 시 부문 수상-황애라(푸른호수:한실문예창작 부드런 문학회)

☆ 2016.6.용아 박용철 전국 백일장 시 부문 수상-김영순(아정:한실문예창작 탐스런 문학회)

☆ 2016.6.용아 박용철 전국 백일장 시 부문 수상-배종숙(꿈곱하기백:한실문예창작 포시런 문학회)

☆ 2016.6.용아 박용철 전국 백일장 시 부문 수상-이호준(운거:한실문예창작 탐스런 문학회)

☆ 2016.6.용아 박용철 전국 백일장 시 부문 수상-장헌권(헌책:한실문예창작 부드런 문학회)

☆ 2016.6.용아 박용철 전국 백일장 산문 부문 수상-박덕은(낭만대통령:한실문예창작 지도 교수)

☆ 2016.5.부산 문화글판 문학상 수상-장헌권(헌책:한실문예창작 부드런 문학회)

☆ 2016.5.안양 창작시 문학상 수상-황애라(푸른호수:한실문예창작 부드런 문학회)

☆ 2016.5.안양 창작시 문학상 수상-김부배(첫사랑:한실문예창작 포시런 문학회)

☆ 2016.4.제8회 전국장애인 문학상 수상-조경화(코람대오:한실문예창작 부드런 문학회)

☆ 2016.4.충주문학관 문학상 장원 수상-김부배(첫사랑:한실문예창작 포시런 문학회)

☆ 2016.3.한겨레21 시 문학상 수상-장헌권(헌책:한실문예창작 부드런 문학회)

☆ 2016.3.국민일보 신춘문예 시 수상-김숙희(아이비:한실문예창작 부드런 문학회)

☆ 2016.2.샘터 문학상 수상-전혜라(동그라미:한실문예창작 온스런 문학회)

☆ 2016.2.빛창 문학상 수상-황애라(푸른호수:한실문예창작 부드런 문학회)

☆ 2016.2.어린이동아일보 문예상 수상-강창우(한실문예창작 꿈스런 문학회)

☆ 2016.2.겨드랑이 클리닉 문학상 수상-이강수(한실문예창작 꽃스런 문학회)

☆ 2016.2.충주문학관 문학상 장원 수상-이수진(한실문예창작 꽃스런 문학회)

☆ 2015.12.그루비 문학상 수상-배종숙(한실문예창작 성스런 문학회)

☆ 2015.12.충주문학관 문학상 왕중왕전 대상 수상-신명희(한실문예창작 탐스런 문학회)

☆ 2015.12.충주문학관 문학상 왕중왕전 최우수상 수상-김정순(한실문예창작 동그런 문학회)

☆ 2015.12.충주문학관 문학상 왕중왕전 최우수상 수상-김지현(한실문예창작 꿈스런 문학회)

☆ 2015.12.충주문학관 문학상 왕중왕전 우수상 수상-황애라(한실문예창작 부드런 문학회)

☆ 2015.12.충주문학관 문학상 왕중왕전 우수상 수상-강현옥(한실문예창작 부드런 문학회)

☆ 2015.12.충주문학관 문학상 왕중왕전 우수상 수상-장헌권(한실문예창작 부드런 문학회)

☆ 2015.12.효사랑 문학상 수상-신명희(한실문예창작 탐스런 문학회)

☆ 2015.12.백송 시낭송 대회 대상 수상-강현옥(한실문예창작 부드런 문학회)

☆ 2015.12.한.아시아 시낭송 축제 대상 수상-정혜숙(한실문예창작 향그런 문학회)

☆ 2015.12.충주문학관 문학상 으뜸상 수상-김정순(한실문예창작 둥그런 문학회)

☆ 2015.12.폭력예방교육 슬로건 수상-박용훈(한실문예창작 포시런 문학회)

☆ 2015.11.의정부 문학상 수상-강순옥(한실문예창작 포시런 문학회)

☆ 2015.11.정읍사 문학상 수상-장헌권(한실문예창작 부드런 문학회)

☆ 2015.11.빛창 문학상 수상-강현옥(한실문예창작 부드런 문학회)

☆ 2015.11.곡성 작은도서관 백일장 수상-이인환(한실문예창작 포시런 문학회)

☆ 2015.11곡성 작은도서관 백일장 수상-최세환(한실문예창작 탐스런 문학회)

☆ 2015.11.곡성 작은도서관 백일장 수상-장헌권(한실문예창작 부드런 문학회)

☆ 2015.11.곡성 작은도서관 백일장 수상-박세연(한실문예창작 향그런 문학회)

☆ 2015.11.곡성 문학상 일반부 대상 수상-이혜정(한실문예창작 온스런 문학회)

☆ 2015.11.곡성 문학상 수상-임진숙(한실문예창작 길스런 문학회)

☆ 2015.11.곡성 문학상 초등부 대상 수상-강창우(한실문예창작 꿈스런 문학회)

☆ 2015.11.곡성 문학상 수상- 강승우(한실문예창작 꿈스런 문학회)

☆ 2015.11.곡성 문학상 수상-김영희(한실문예창작 꿈스런 문학회)

☆ 2015.11.곡성 문학상 수상-박건우(한실문예창작 꿈스런 문학회)

☆ 2015.11.충주문학관 문학상 수상-장헌권(한실문예창작 부드런 문학회)

☆ 2015.10.제2회 경북일보 문학대전 문학상 수상-황애라(한실문예창작 부드런 문학회)

☆ 2015.10뇌연구원 문학상 장원 수상-최세환(한실문예문학 탐스런 문학회)

☆ 2015.10.교정학술문예 문학상 수상-신명희(한실문예장작 탐스런 문학회)

☆ 2015.10.한민족 통일 문예제전 문학상 수상-강현옥(한실문예창작 부드런 문학회)

☆ 2015.10.한민족 통일 문예제전 문학상 수상-황애라(한실문예창작 부드런 문학회)

☆ 2015.10.한양대 ERICA 문학상 우수상 수상-황애라(한실문예창작 부드런 문학회)

☆ 2015.10.목포 문학상 동화 부문 대상 수상-정은희(한실문예창작 길스런 문학회)

☆ 2015.10.충주문학관 문학상 으뜸상(중등부 대상) 수상-김지현(한실문예창작 꿈스런 문학회)

☆ 2015.10.충주문학관 문학상 우수상 수상-강현옥(한실문예창작 부드런 문학회)

☆ 2015.10.직지문학상 대상 수상-최세환(한실문예창작 탐스런 문학회)

☆ 2015.10.직지문학상 수상-신명희(한실문예창작 탐스런 문학회)

☆ 2015.9.하동국제문화제 문학상 수상-황애라(한실문예창작 부드런 문학회)

☆ 2015.9.하동국제문화제 문학상 수상-이지윤(한실문예창작 포시런 문학회)

☆ 2015.9.충주문학관 문학상 으뜸상(일반부 대상) 수상-신명희(한실문예창작 탐스런 문학회)

☆ 2015.9.충주문학관 문학상 우수상 수상-황애라(한실문예창작 부드런 문학회)

☆ 2015.8.나누리병원 문학상 수상-황애라(한실문예창작 부드런 문학회)

☆ 2015.8.공작산 생태숲 문학상 수상-박건우(한실문예창작 길스런 문학회)

☆ 2015.8.빛창 문학상 수상-강현옥(한실문예창작 부드런 문학회)

☆ 2015.7.실버 시니어 문학상 수상-최세환(한실문예창작 탐스런 문학회)

☆ 2015.4.미래에셋 예술 공모전 우수상 수상-신명희(한실문예창작 탐스런 문학회)

☆ 2015.4.미래에셋 예술 공모전 최우수상 수상-김태현(한실문예창작 탐스런 문학회)

☆ 2015.3.국민일보 신춘문예 수상-황애라(한실문예창작 부드런 문학회)

☆ 2014.12.백호백일장 대회 수상-장순자(한실문예창작 부드런 문학회)

☆ 2014.12.신진예술가상 수상-강현옥(한실문예창작 부드런 문학회)

☆ 2014.11.동서문학상 수상-정예영(한실문예창작 둥그런 문학회)

☆ 2014.5.장애인 고용지원 인식개선 문화제 수상-김미경(한실문예창작 둥그런 문학회)

☆ 2013.3.전국장애인근로자문화제 수상-김미경(한실문예창작 둥그런 문학회)

☆ 2013.3.국민일보 신춘문예 수상-정예영(한실문예창작 둥그런 문학회)

☆ 2013.3.창조문학신문 신춘문예 수상-이지혜(한실문예창작 향그런 문학회)

☆ 2013.3.창조문학신문 신춘문예 수상-김정순(한실문예창작 둥그런 문학회)

☆ 2012.11.동서문학상 금상 수상-임미형(한실문예창작 향그런 문학회)

☆ 2011.5.크리스천 신춘문예 수상-이인덕(한실문예창작 향그런 문학회)

☆ 2011.4.국시원 공모 수상-강현옥(한실문예창작 부드런 문학회)

☆ 2010.11.동서문학상 맥심상 수상-강만순(한실문예창작 싱그런 문학회)

☆ 2010.2.시립합창단 노랫말 공모 수상-김성순(한실문예창작 싱그런 문학회)

☆ 2010.1.한꿈 한마당 백일장 수상-임미형(한실문예창작 향그런 문학회)

☆ 2010.1.한꿈 한마당 백일장 수상-양은정(한실문예창작 싱그런 문학회)

☆ 2010.1.한꿈 한마당 백일장 수상-임순이(한실문예창작 싱그런 문학회)

☆ 2010.1.한꿈 한마당 백일장 수상-진자영(한실문예창작 향그런 문학회)

☆ 2010.1.한꿈 한마당 백일장 수상-소귀옥(한실문예창작 싱그런 문학회)

☆ 2010.1.한꿈 한마당 백일장 수상-김혜숙(한실문예창작 둥그런 문학회)

☆ 2010.1.한꿈 한마당 백일장 수상-김영순(한실문예창작 탐스런 문학회)

☆ 2010.1.한꿈 한마당 백일장 수상-김영옥(한실문예창작 향그런 문학회)

☆ 2010.1.한꿈 한마당 백일장 수상-김성순(한실문예창작 부드런 문학회)

☆ 2010.1.한실문학상 대상-김용숙(한실문예창작 부드런 문학회)

☆ 2010.1.한실문학상 최우수상-임미형(한실문예창작 향그런 문학회)

☆ 2009.10.약사 문예상 수상-김성순(한실문예창작 싱그런 문학회)

☆ 2008.10.전북 여성백일장 대회 수상-최자현(한실문예창작 싱그런 문학회)

☆ 2008.6.제9회 동서커피문학상 수상-양은정(한실문예창작 싱그런 문학회)

☆ 2007.10.광주 여성백일장 대회 수상-김아름(한실문예창작 둥그런 문학회)

☆ 2007.10.전남 여성백일장 대회 수상-박미선(한실문예창작 부드런 문학회)

☆ 2007.9.광주 문인협회 백일장 대회 수상-김용숙(한실문예창작 부드런 문학회)

☆ 2007.9.광주 문인협회 백일장 대회 수상-이지혜(한실문예창작 향그런 문학회)

☆ 2007.9.광주 문인협회 백일장 대회 수상-홍금주(한실문예창작 부드런 문학회)

☆ 2007.9.광주 문인협회 백일장 대회 수상-이남옥(한실문예창작 둥그런 문학회)

☆ 2007.9.광주 문인협회 백일장 대회 수상-임미형(한실문예창작 향그런 문학회)

☆ 2007.9.광주 시인협회 백일장 대회 수상-임미형(한실문예창작 향그런 문학회)

☆ 2007.9.국립공원 시인마을 작품 공모전 수상-정영숙(한실문예창작 싱그런 문학회)

☆ 2007.9.국립공원 시인마을 작품 공모전 수상-신명회(한실문예창작 탐스런 문학회)

☆ 2007.9.국립공원 시인마을 작품 공모전 수상-형재은(한실문예창작 부드런 문학회)

☆ 2007.9.전남광주 여성 백일장 대회 수상-김성순(한실문예창작 부드런 문학회)

☆ 2007.9.전남광주 여성 백일장 대회 수상-양은정(한실문예창작 싱그런 문학회)

☆ 2007.5.제8회 시흥시 문학상 수상-김성순(한실문예창작 부드런 문학회)

오늘의 詩選集 제1권

화장을 지우며
강만순 지음 / 144면

오늘의 詩選集 제2권

또 한 번 스무 살이 되고 싶은 밤
김숙희 지음 / 160면

오늘의 詩選集 제3권

사랑의 빈자리 될까 봐
박완규 지음 / 144면

오늘의 詩選集 제4권

유모차 탄 강아지
김미경 지음 / 112면

오늘의 詩選集 제5권

이 환장할 봄날에
신점식 지음 / 176면

오늘의 詩選集 제6권

작아지고 싶다
주경희 지음 / 176면

오늘의 詩選集 제7권

가을은 어디나 빈자리가 없다
전금희 지음 / 176면

오늘의 詩選集 제8권

쓸쓸함에 대하여
이후남 지음 / 176면

오늘의 詩選集 제9권

바람이 열어 놓은 꽃잎
문재규 지음 / 220면

오늘의 詩選集 제10권

단 한 번 사랑으로도
이호근 지음 / 176면

오늘의 詩選集 제11권

할 말은 가득해도
최승벽 지음 / 176면

오늘의 詩選集 제12권

비밀 일기
박봉은 지음 / 176면

오늘의 詩選集 제13권

꽃만 봐도 서러운 그날
한실 문예창작 동인지 제8집

오늘의 詩選集 제14권

마냥 좋기만 한 그대
최기숙 지음 / 176면

오늘의 詩選集 제15권

풀꽃향 당신
김영순 지음 / 176면

오늘의 詩選集 제16권

유리인형
박봉은 지음 / 176면

오늘의 詩選集 제17권

보고픔이 자라고 자라서
한실 문예창작 동인지 제9집

오늘의 詩選集 제18권

첫사랑
김부배 지음 / 176면

오늘의 詩選集 제19권

나는 매일 밤 바람과 함께 사라진다
박덕은 지음 / 240면

오늘의 詩選集 제20권

오늘도 걷는다
유양업 지음 / 176면

오늘의 詩選集 제21권

내 사람 될 때까지
전춘순 지음 / 176면

오늘의 詩選集 제22권

처음 사랑
한실 문예창작 동인지 제10집

오늘의 詩選集 제23권

당신에게·둘
박봉은 지음 / 176면

오늘의 詩選集 제24권

그 누가 다녀간 것일까
전금희 지음 / 206면

오늘의 詩選集 제25권

한 잔 술에 가둘 수 없어
이후남 지음 / 164면

오늘의 詩選集 제26권

그리움 머문 자리
이인환 지음 / 176면

오늘의 詩選集 제27권

사랑의 콩깍지
김부배 지음 / 176면

오늘의 詩選集 제28권

사랑은 시가 되어
최길숙 지음 / 176면

오늘의 詩選集 제29권

그리움이라서
이수진 지음 / 176면

오늘의 詩選集 제30권

그리움 헤아리다
배종숙 지음 / 176면

오늘의 詩選集 제31권

아직 끝나지 않은 이야기
장헌권 지음 / 176면

오늘의 詩選集 제32권

마냥 좋아서
한실 문예창작 동인지 제11집

오늘의 詩選集 제33권

그리움의 언덕에 서다
김부배 지음 / 176면

오늘의 詩選集 제34권

사찰이 시를 읊다
이수진 지음 / 176면

오늘의 詩選集 제35권

그대는 나의 누구인가
한실 문예창작 동인지 제12집

오늘의 詩選集 제36권

사랑은 감기몸살처럼
박봉은 지음 / 176면

오늘의 詩選集 제37권

그때는 몰랐어요
정주이 지음 / 176면

오늘의 詩選集 제38권

몰래 한 사랑
조정일 지음 / 192면

오늘의 詩選集 제39권

여백의 미학
한실 문예창작 동인지 제13집

오늘의 수필집 Series

오늘의 수필집 제1권

그곳 봄은 맛있었다
최세환 지음 / 288면

오늘의 수필집 제2권

바람 따라 구름 따라 별빛 따라
유양업 지음 / 288면

한실 문예창작 동인지

한실 문예창작 동인지 제1집
『한꿈』

한실 문예창작 동인지 제2집
『한꿈』

한실 문예창작 동인지 제3집
『당신의 쓸쓸함은 안녕하십니까』

한실 문예창작 동인지 제4집
『목련은 흔들리고 있다』

한실 문예창작 동인지 제5집
『그래도 한쪽 가슴은 행복합니다』

한실 문예창작 동인지 제6집
『좋은 걸 어떡해』

한실 문예창작 동인지 제7집
『아직도 사랑인가 봐』

한실 문예창작 동인지 제8집
『꽃만 봐도 서러운 그날』

한실 문예창작 동인지 제9집
『보고픔이 자라고 자라서』

한실 문예창작 동인지 제10집
『처음 사랑』

한실 문예창작 동인지 제11집
『마냥 좋아서』

한실 문예창작 동인지 제12집
『그대는 나의 누구인가』

한실 문예창작 동인지 제13집
『여백의 미학』